까칠한
재석이가
결심했다

까칠한 재석이가 결심했다

고정욱 지음

애플북스

《까칠한 재석이가 결심했다》 개정판 출간을 맞이하며

수년 전 미국에 갔을 때의 일입니다. 가까운 곳에 고스트타운(유령도시)이 있다고 해서 가 보게 되었죠. '제롬'이라는 이름이 붙은 이 도시는 산 중턱 가파른 길을 올라가야 만날 수 있는 유명 관광지였습니다. 과거에 동광(銅鑛)에서 일하려고 수많은 사람이 몰려왔었다는 이 도시에는 현재 예술가들의 작업실과 기념품 가게만 잔뜩 남아 있었습니다.

캘리포니아의 금광이나 이곳 동광에서 정작 실제로 돈을 번 이들은 광물을 직접 캔 광부가 아니었다고 합니다. 그들에게 작업복이나 곡괭이, 삽을 빌려주고 음식을 제공하거나 수레를 대여해 준 사람들이 돈을 벌었죠. 허황된 꿈을 좇아 일확천금을 노리던 광부들은 이내 갖고 있던 나머지 재산을 탕진하고 뿔뿔이 떠났을 뿐입니다.

이 이야기를 듣고 생각했습니다. 오늘날 청소년에게 금광은 무엇일까? 아마도 그건 게임일 것 같습니다. 너무 많이 해서 중독된 학생도 제법 있습니다. 밤새 게임을 하고 와서는 교실에서 잠을 자기도 합니다. 게임산업은 우리나라의 주력산업이고, 성장을 지원하는 분야입니다. 이 분야에서 벌어들이는 수입도 많습니다.

하지만 '청소년기'의 게임에는 조금 다른 접근 방식이 필요합니다. 자칫하면 중독에 빠지고, 정말 중요한 현실에서의 꿈에 방해가 될 수도 있기 때문입니다.

　　'이 책을 읽는 독자는 금이나 은을 캐러 가지 않고, 그 광물을 캐는 사람들 옆에서 슬기롭고 지혜롭게 자신의 삶을 개척했으면 좋겠다.'

　　처음 이 책을 쓸 때 가졌던 마음과 바람이었습니다. 게임 분야에도 게임개발자나 기획자, 판매자, 디자이너, 프로그래머 등 수많은 직업과 꿈을 이룰 수 있는 분야가 있습니다. 이 책의 독자들은 그런 폭넓은 분야에서 다양한 꿈을 개발하며 자신의 삶을 만들어 갔으면 좋겠습니다. 그것은 게임을 해서 얻은 성이나 거대한 우주 영토보다도 더 소중한 것입니다.

　　청소년기는 순간의 즐거움에 빠져 가공의 공간에서 허무하게 보내기에는 너무나 아까운 시간입니다. 시간과 노력을 나 자신에게 투자해 보길 바랍니다. '현실'이라는 배경 속 '나'라는 존재를 꿈을 좇으며 노력하는 막강한 캐릭터로 키워 보길 응원합니다.

2022년 12월
겨울을 보내며
고정욱

차례

좌충우돌하는 청춘에게

내가 처음으로 오락실에 간 것은 초등학교 때의 일이다. 그때의 게임은 요즘보다 물리적인 성질이 강했다. 자동차 운전 게임은 실제로 핸들을 돌리면 미니카가 구불구불한 길을 장애물을 피해 굴러가는 식이었다. 당시 오락실에서 나는 게임이 주는 즐거움에 흠뻑 빠졌다.

그리고 다시 게임을 만난 것은 고등학교 때다. 1970년대 학교 앞 문방구의 흑백 모니터에서 비디오게임을 처음으로 보았다. 끊임없이 튕겨져 내려오는 공을 긴 막대로 맞춰 블록을 깨거나 탁구게임을 했다. 이 정도 단순한 게임만으로도 우리들은 열광했다. 인간에게는 즐거움을 탐하는 기본적인 쾌락 본능이 있는 것 같다.

그랬던 게임이 요즘은 엄청나게 발전했다. 전 세계적으로 게임인구가 폭발적으로 증가하였다. 이용자가 많아진다는 건 그만치 문제가 생긴다는 뜻이기도 하다. 오늘날 수많은 청소년들이 게임에 빠졌고, 그로 인해 수없이 많은 피해가 발생한다. 물론 게임산업이 커지면서 IT산업이 발달한 우리나라가 게임 강국이 되기도 했다.

그런데 청소년기는 어떤 시기인가? 미래의 삶을 위해 준비하며 훈련해야 할 때다. 주의력을 향상시켜야 할 기간이다. 인간에게는 자발적 주의력과 비자발적 주의력이 있다. 자발적 주의력은 책을 읽거나 공부하는 데 필요하다. 비자발적 주의력은 음악, 영화 그리고 게임 등을 즐길 때 필요하다. 전자는 인내와 노력이 필요한데, 후자는 그럴 필요가 없으니 편하다. 하지만 비자발적 주의력과 자발적 주의력은 우리 삶에서 고르게 균형이 맞춰져야 한다.

그러나 오늘날 청소년들은 게임으로 대표되는 비자발적인 주의력에 경도된 나머지 자발적 주의력이 결핍되어 가고 있다. 이렇게 되면 두뇌가 성장할 나이에 인지기능, 언어능력, 사회성, 감성에 모두 문제가 발생한다. 어디 그뿐인가. 수업 시간에 졸거나, 체력이나 학력이 저하되는 것도 큰 문제다. 가정에서도 게임과 학습 사이에서 부모와 갈등을 일으키고 있다.

미래의 주인이고 꿈을 향해 뛰어야 할 청소년들에게 물론 재미와 오락도 중요하다. 하지만 그것들을 즐기는 만큼 자신의 꿈을 향해 달리는 자발적 노력도 필요하다. 중요한 것은 중용이고 절제다. 더욱 중요한 것은 나 자신이다. 나를 아끼고 사랑해야 한다. 게임에 지나치게 빠져서 삶의 본질이 흔들려서는 안 된다는 정답이 나온다. 게임에 빠진 젊은 부부가 아기에게 젖을 주지 않아 굶겨 죽였다는 말도 안 되는 일이 벌어지고 있지 않은가.

이 책이 게임에 빠져 있는 어린이 청소년들이 자발적 의지를 키우는 데 도움을 주었으면 좋겠다. 또한 꿈을 찾지 못한 학생들에게는 게임산업이라는 새로운 진로를 소개하는 계기가 되면 좋겠다.

재석이와 그 친구들은 이 땅의 청소년들을 대신해 여전히 좌충우돌이다. 하지만 그런 재석이 같은 청소년들이 더 많아졌으면 좋겠다. 그 때문에 재석이 시리즈를 죽을 때까지 30권 이상 쓰겠다는 나의 각오이자 바람을 다시 다져 본다.

이 책을 쓰기 위해 주위의 도움을 많이 받았다. 1세대 게이머 오세윤, 〈무한도전〉에도 나왔던 게임 해설가 정준. 이들을 취재하면서 나는 게임과 게임업계의 현황을 정확히 파악할 수 있었다. 감사를 표한다. 인내심을 갖고 재석이 시리즈를 출판해 주는 애플북스도 고맙다. 곧 드라마나 영화로도 독자들을 만나러 갈 것이니 기대가 된다. 아참, 재석이가 주인공인 〈독서왕〉 보드게임도 이미 나와 있으니 역시 많은 사랑 부탁드린다.

2019년 봄 북한산 기슭에서
고정욱

전편 줄거리

말보다 주먹이 앞서고 가진 거라곤 큰 덩치와 의리뿐인 황재석. 어린 시절 겪은 가난과 아버지의 부재로 인한 결핍감으로 삐딱한 문제아가 되었으나 부라퀴 할아버지와 김태호 선생님의 도움으로 문제아에서 작가 지망생으로 그야말로 환골탈태한 재석은 열심히 책을 읽고 글쓰기 연습을 하며 바쁘게 보낸다.

그러던 어느 날 친구 병조가 사촌동생 문제로 도움을 청한다. 이제 겨우 초등학교 4학년인 사촌동생 준석이 학교에서 일진들에게 왕따를 당한다는 것이었다. '검은 장갑'이라는 패거리가 괴롭히며 상납까지 요구하자 재석과 민성, 그리고 보담과 향금이 준석을 돕는다.

하지만 검은 장갑은 재석을 위협하고, 야마하 오토바이를 타고 다니는 전교 1등 석환은 오히려 죄를 재석에게 뒤집어씌운다. 억울한 누명을 가까스로 벗은 재석은 다시 한 번 분노의 하이킥을 날린다. 초등학교부터 고등학교까지 치밀하게 연결되어 있는 폭력서클의 조직망을 뿌리째 뽑기 위해 대대적인 실태조사를 해 이들이 벌인 짓을 낱낱이 밝혀낸다. 그러자 이에 앙심을 품은 석환 패거리는 준석을 납치하는데……

작가와의 만남

"학창 시절 나는 라이벌이었던 김호중이라는 친구를 따라 잡을 수가 없었습니다. 왜? 왜 나는 김호중이를 꺾지 못할까? 왜 항상 저 녀석만 1등을 하는 걸까? 한 번만이라도 호중이를 꺾는다면 소원이 없겠는데."

고청강 작가의 열변에 강당에 모인 학생들은 꼼짝도 않고 귀를 기울이고 있었다. '작가와의 만남' 시간에 초청된 그는 청소년들 사이에서 큰 인기를 얻고 있는 작가였다.

재석 역시 멀찍이 앉아 강연을 유심히 들었다. 평소 좋아하던 작가라 재석도 그의 작품을 시리즈로 다 본 터였다. 청소년의 문제와 고민을 어른의 시각이 아닌 청소년의 시각으로 이야기하는 고청강 작가가 학교에 초청받아 온다는 말에 재석은 두 달 전부터 가슴이 설레었다. 이 기회에 꼭 고청강 작가와 인연을 맺어서 글쓰기 코칭을 조금이라도 받고 싶다는 생각을 했다.

두 달 전, 김태호 선생이 고청강 작가를 초대했다는 것을 알고 재석은 한달음에 상담실로 달려갔다.

"선생님! 고청강 작가님이 정말 우리 학교에 오세요?"

"응, 대학 선배님이어서 부탁드렸지."

"우와, 대박!"

"뭐가 대박이야? 내가 학부생일 때 대학원생이어서 그런지 난 그냥 선배 같기만 한데."

"그럼 뭐 조교 이런 거 하셨나요?"

"조교는 아니고 그냥 대학원생. 도서관에서 공부하고 강의 듣고 집에 가는 일만 반복하셨지. 그때 학업과 창작 활동을 함께한다고 하셔서 쉽진 않을 거라고 생각했는데 결국은 성공하셨네. 유명 작가가 되고 대학에서 강의도 하고 말이야."

"강의도 하세요? 와, 저도 그 대학 가고 싶어요."

"이제 대학 강의는 안 나가고 작품만 쓰신단다. 그런데 재석이 네가 고청강 작가님에게 아주 관심이 많구나?"

"네. 저의 롤모델이십니다."

따라온 민성도 옆에서 슬쩍 끼어들었다.

"샘! 고청강 작가님 이번에 우리 학교 강연 오시잖아요. 재석이가 작가님 인터뷰를 하고 제가 그 장면을 촬영하면 어떨까요?"

"그래? 그거 좋은 생각인데. 내가 고청강 작가님께 한번 여쭤볼게."

"오, 쩐다!"

일주일 뒤 김태호 선생은 지나가던 재석과 민성을 불렀다.

"강연 끝나고 고청강 작가님이 인터뷰해 주신댔다."

"정말요? 선생님, 감사합니다."

재석은 날아갈 것만 같았다. 보담과 향금에게도 바로 그날 저녁 독서실에서 만나 자랑을 했다.

"우리 학교는 왜 그런 분들 안 부르는지 모르겠어."

향금이 불만스러운 얼굴로 말했다.

"너희가 선생님에게 말씀드려 봐. 작가님 불러 달라고 그러면 담당 선생님이 초청할 수 있어."

"그러면 전화번호 꼭 알아다 줘."

"그래, 걱정하지 마. 내가 인터뷰할 때 전화번호 따올게."

그렇게 들떠서 재석은 '작가와의 만남' 전날 잠도 제대로 자지 못했다.

고청강 작가는 차분하게 분명한 목소리로 강연을 이어 나갔다.

"내가 왜 호중이를 따라잡을 수 없었는지 나는 어느 날 아침에 알게 되고 말았어요. 그날 나는 조금 일찍 학교를 갔지요. 가방을 메고 아무 생각 없이 걸어가는데 저만치에서 호중이가 교문을 향해 가는 겁니다. 반가운 마음에 달려가면서 호중이를 불렀어요. 호중아! 그렇게 달려가서 녀석의 얼굴을 보는 순간."

"……"

고청강 작가의 말솜씨에 200명이 넘는 학생은 모두 빨려들 듯 집중했다. 갑자기 강당에 정적이 흘렀다.

"난 놀라 자빠질 뻔했어요."

고청강 작가는 만년 2등이었다고 했다. 늘 1등 호중이를 못 꺾어 답답했는데 그 이유를 알게 됐다고 하니 아이들이 모두 마른침을 삼켰다. 성적을 올릴 비법이라도 나올까 싶어 기대가 컸기 때문이다. 아이들의 긴장을 즐기면서 고청강 작가는 천천히 입을 열었다.

"글쎄, 녀석은 놀랍게도……."

다시 말을 끊었다.

"선생님, 빨리 말씀해 주세요! 어떻게 됐는데요?"

성질 급한 녀석 하나가 꽥 소리를 질렀다.

"허허허! 녀석은 글쎄, 참고서를 들고 읽으면서 학교에 가고 있었던 거예요."

"아!"

일제히 탄성이 터져 나왔다.

"그 순간 나는 깨달았어요. 신은 우리에게 매일 24만 원을 공평하게 주신다는 사실을. 호중이 그 녀석도 24만 원이고 나도 24만 원이었지요. 그 24만 원을 덜 받는 사람도 더 받는 사람도 이 세상엔 없어요. 여기에서 24만 원은 무엇이죠?"

"시간이요!"

일제히 외치는 학생들의 대답 행렬에 재석과 민성은 자신도 모르게 합류했다.

"그렇지요. 바로 우리에게는 시간이라는 소중한 재산이 있었던 겁니다. 학교를 오고 가는 삼십 분, 하루 한 시간을 나는 아무 생각 없이 친구들과 수다를 떨고 장난치며 흘려보냈는데 호중이 녀석은 그 시간에도 책을 읽거나 문제집을 들여다봤던 거예요. 하루에 한 시간을 절약하면 일 년이면 365시간.

365시간이면 교과목 전부를 여러 번 마스터할 수 있어요. 나는 여기에서 놀라움을 금치 못했어요. 그래서 그다음에 어떻게 했을까요?"

"몰라요!"

"지혜로운 자는 깨달음을 얻었으면 실천을 해야 하는 법입니다."

PPT 화면이 넘어가고 고청강 작가의 앳된 까까머리 사진이 나타났다.

"이게 바로 나의 중학교 때 사진이에요. 호중이가 일분일초를 아낀다는 걸 알고 난 뒤 나도 머리 감는 시간마저 아까워서 빡빡으로 밀어 버렸지요."

"우와!"

감동받은 아이들이 박수를 치며 환호했다.

"그래서 이렇게 학교에 와서 학생들이 파마하고 염색한 꼴을 보면 나도 모르게 화가 나요. 거울 들여다보면서 머리카락을 넘길 때 다른 친구들은 책장을 넘기고 있단 말입니다. 하버드 대학의 명언이 바로 이것이에요. '지금도 적들의 책장은 넘어간다.'"

선생님들까지 웃으며 뜨겁게 박수를 치자 아이들은 모두 따라서 손이 으스러지도록 손뼉을 쳤다.

"여러분은 당장 할 일이 있어요. 오늘 집에 가서 머리를 빡빡으로 미는 거!"

"하하하하!"

고청강 작가의 유머로 강당에는 웃음이 가득 찼다. 하지만 재석은 마냥 웃을 수가 없었다. 그것은 시간을 아끼고 절약하라는 간단하지만 실천하기 어려운 금언이었다.

"여기에서 명언을 하나 더 알려 주겠어요. '시간은 금이다.' 모두 따라 해 보세요. 시간은 금이다!"

"시간은 금이다!"

강당이 쩌렁쩌렁 울렸다.

재석은 가슴이 뜨거워졌다. 과연 자신은 24시간 중에 몇 시간을 아껴 쓰고 있을까. 고청강 작가는 자신의 작품 설명도 해 주면서 젊은 시절 시간을 아껴 꿈을 향해 도전하라는 메시지로 강연을 마무리 지었다.

강연이 끝나자 책을 가져온 아이들이 달려 나가 사인을 받았다. 작가의 인기를 반영하듯 수십 명의 아이가 줄지어 사인을 받고 사진을 찍었다. 재석도 고청강 작가의 시리즈물 다섯 권을 들고 줄로 다가갔다. 인터뷰를 해야 하기 때문에 맨 마지막에 섰다. 이미 캠코더를 꺼낸 민성은 단상 위와 아래를 넘나들며 정신없이 촬영을 하고 있었다. 마침내 긴 사인 줄이 끝나자 재석이 다가가서 90도로 인사를 했다. 평소 존경하던 작가 앞에 서니 자기도 모르게 허리가 숙여졌다.

"선생님, 안녕하세요? 황재석이라고 합니다."

"그래, 김태호 선생이 말한 그 학생이로군. 나를 인터뷰하고 싶다는."

"맞습니다, 선생님."

"그래, 어디 가서 인터뷰할까?"

아이들이 빠져나간 강당 옆에는 대기실이 있었다. 그곳에 자리를 잡자 민성이 인사를 했다.

"선생님, 저는 김민성이라고 합니다. 오늘 인터뷰 장면을 촬영하려고 하는데 허락해 주십시오."

"그래, 찍어도 좋아."

고청강 작가가 명함을 건네주었다. 명함에 전화번호가 있었다. 재석은 꿈인지 생신지 알 수 없었다. 존경하는 작가의 전화번호를 손에 넣었다는 사실이 하늘의 별을 딴 것보다 더 기뻤다.

"선생님! 이 번호로 전화해도 되겠습니까?"

"전화는 조금 곤란해. 내가 글감을 생각하거나 집필할 때 방해를 받거든. 하지만 문자는 언제든지 환영이란다."

"네, 알겠습니다."

재석은 이것저것 묻기 시작했다.

"작가가 되어 가장 보람 있을 때는 언제신가요?"

"이렇게 학생들이 나를 롤모델이라고 찾아와 이것저것 묻고 인생의 조언을 구할 때야. 나 역시 누구에게 조언할 만큼 무르익은 사람은 아니지만 그래도 인생의 선배로서 해 줄 말이 있어서 다행이고, 내 말에 아이들이 조금씩 길을 찾아가는 것 같아서 고맙지."

"저도 작가가 꿈입니다."

"오, 그래? 작품 쓴 거 있으면 나에게 한번 보내줘 봐. 내가 봐줄게."

재석은 기회는 이때라고 A4용지에 출력한 단편소설 하나를 가방에서 꺼내 내밀었다.

"이 녀석 보게. 정말 열정이 넘치는군. 이미 준비해 왔네."

고청강 작가는 흐뭇하다는 듯이 어깨를 다독여 주었다. 그러곤 제목을 힐끗 보더니 고개를 끄덕였다.

"제목이 〈캠퍼스의 봄〉?"

"네, 제가 꿈꾸는 대학 생활에 대한 이야기입니다."

"허허, 알았어. 읽어 보고 의견을 주도록 할게. 조금 시간이 걸리더라도 괜찮겠나?"

"네, 선생님은 바쁘시잖아요. 그런데 선생님, 작가가 되면 뭐가 좋습니까?"

"글쎄, 작가가 되면 좋은 점보다 힘든 점이 더 많기는 해. 끊임없이 나를 채찍질하고 상처를 들춰내 이야깃거리를 찾아야 하니까. 좋은 점은 음, 자유롭다는 거지. 어디 직장에 얽매여 있지 않고 내가 원하는 시간에 글을 쓰고 원하는 글을 쓰기 위해 사람들을 마음껏 만날 수 있다는 것."

자유라는 말이 재석에게 와서 꽂혔다.

"아, 선생님. 자유, 정말 좋습니다."

"그래, 글 쓴 지는 얼마나 됐어?"

"얼마 되지 않았습니다."

이번엔 고청강 작가의 역질문이 들어왔다.

"김태호 선생 말에 의하면 말썽도 좀 피웠다면서?"

재석은 얼굴이 화끈거렸다.

"부끄럽습니다."

"괜찮아. 범생이들보다는 자네 같은 친구가 글을 더 잘 쓸 수 있어."

민성이 곁에서 보고 있다 말했다.

"선생님, 저는 꿈이 PD인데요, PD가 되려면 어떤 준비를 하면 좋을까요? 한 말씀만 해 주십시오."

"어, 자네 꿈이 PD야? 좋아, 이렇게 카메라로 찍어서 편집도 하나?"

"예. 주로 유튜브에 영상을 올렸습니다. 선생님하고 인터뷰
한 내용도 바로 올릴 겁니다."

"그래그래, 아주 좋아! 우선 PD가 되려면 무엇보다도 글을
잘 써야 해."

"글이요?"

"그럼. 글을 쓴다는 것은 콘텐츠를 하나의 스토리로 정리한
다는 건데, 영상이라든가 음악, 드라마 모든 것이 그러한 글
쓰기 작업에서 나오지. 자네 둘이 친구니까 글쓰기에 서로 도
움을 주고받도록 하게나."

"감사합니다, 선생님."

고청강 작가는 자신의 낡은 가방에 재석의 소설 원고를 담
고 강당을 나섰다. 재석이 따라 나가며 이것저것 소소하게 묻
는데 김태호 선생이 뒤늦게 달려왔다.

"선배님, 수업이 인제 끝났습니다."

"어, 그래. 김 선생, 여기 아주 훌륭한 학생들이 와서 인터뷰
했어."

"아이구, 이 녀석들이 선배님께 실례는 범하지 않았는지 모
르겠습니다."

"실례는 무슨, 아주 즐거운 시간이었어. 읽어 봐 달라고 작

품까지 줬다네."

"어, 정말입니까? 제가 이따금 봐주긴 하는데 선배님이 그래 주신다면 저로서도 영광입니다."

"내가 읽어 보고 의견 준다고 이야기했어."

"감사합니다, 선배님. 안녕히 가십시오."

고청강 작가는 앞에 있는 승용차에 올라 핸들을 잡았다. 자신도 모르게 군기가 든 재석과 민성은 허리를 90도로 숙여 인사했다.

"작가님, 안녕히 가십시오."

"오냐, 연락해라."

차가 떠나자 김태호 선생은 어깨동무하듯 재석과 민성의 목에 팔을 두른 뒤 말했다.

"어때? 고청강 작가님 멋있지?"

"네, 정말 짱이에요. 저도 작가가 꼭 되어야겠어요."

"그래, 저 선배도 힘들고 어려운 일이 많았어. 하지만 다 이겨 내고 이렇게 작가가 되신 거지. 선배를 내가 존경하는 이유가 뭔지 알아?"

"뭡니까?"

"오래도록 작가 생활을 한다는 거야. 어느 분야든 오래 하는 사람은 존경해야 할 만한 인물이지. 몇 년 짧게 잘할 순 있지만 저 선배처럼 몇십 년을 꾸준히 사랑받는 글을 쓴다는 것은 대단한 내공이야."

"아, 정말 그렇네요."

재석은 차가 빠져나간 교문을 바라보며 깊은 생각에 사로잡혔다. 자신도 오래도록 글 쓰는 작가가 되고 싶다는.

"야, 그나저나 아까 너희들, 작가님께 군인처럼 말투가 그게 뭐냐? 그랬습니다, 알았습니다. 하하하!"

교실로 돌아오며 김태호 선생이 재석과 민성을 놀렸다.

"에이, 선생님."

"이상해요. 저도 모르게 군기가 바짝 들더라구요."

"천하의 황재석을 쫄게 하다니! 하하하!"

김태호 선생의 웃음소리가 한참을 울려 퍼졌다.

제일 잘 아는 주제

1교시가 끝났을 뿐인데 벌써 엎드려 자는 녀석들이 생겼다. 1교시가 영어여서 더더욱 그런 것 같았다. 영어 발음은 얼핏 들으면 자장가 소리 같으니까. 재석의 반 서른 명 가운데 졸지 않고 수업을 들은 아이들은 채 열 명이 되지 않았다. 오늘이 월요일인 탓도 있었다. 민성도 자기 어깨를 꾹꾹 주무르며 기지개를 폈다.

"재석아, 어제 아우! 유튜브 동영상 편집하느라고 거의 밤을 새웠더니 죽겠다."

"그래?"

"응, 고청강 작가님 인터뷰 동영상 이제 조금만 더 다듬으면 올릴 수 있을 것 같아."

민성은 벌써 보름 전에 찍은 인터뷰 영상을 여태 편집하고 있었다. 평상시 같으면 즉시즉시 올렸을 녀석이 이상하게 오래 끈다 싶었다.

"이번에는 왜 이렇게 오래 걸리냐?"

"고청강 작가님 인터뷴데 잘해야지. 자막도 넣고 효과도 넣고, 이게 보통 일이 아니라고. 찍는 게 전부가 아니야. 수정하고 쓸데없는 장면 잘라 내고 하다가 내가 편집의 달인이 됐잖아."

재석은 수다스러운 녀석의 입을 얼른 손으로 막았다.

"야야! 됐다, 됐어. 그나저나 애들은 밤에 뭐하고 다들 이렇게 퍼져 자는 거야?"

"야, 너 요즘 그 게임 새로 나온 거 모르냐?"

"뭐가 나왔는데?"

"워그라운드라고……."

"워그라운드?"

"응. 전쟁 게임. 전쟁판에서 서로 치고받고 죽여서 최후의 생존자가 살아남는 게임이야. 줄여서 워그라고 부르지. 요즘 다들 푹 빠져 있잖아."

"그래?"

재석은 게임에 별로 흥미가 없었다. 워낙 주먹질하고 돌아다니느라 차분히 컴퓨터 앞에 앉아 있기가 힘든데다가 작가의 꿈을 가진 뒤로는 글쓰기가 더 재미있었기 때문이다.

"야, 나는 게임보다 글 쓰는 게 재밌어."

"하긴, 내가 영상 편집하는 게 힘들어도 재밌는 거하고 똑같겠지. 저 자식들은 게임이나 하면서 저렇게 퍼져 자고 있다. 한심한 녀석들. 부라퀴 할아버지가 봤으면 무지하게 야단쳤을 텐데."

"그러게 말이다."

잠시 후 2교시 시작종이 울리자 김태호 선생이 들어왔다.

"얘들아, 일어나라! 거기 자는 놈들 깨워라!"

김태호 선생은 가급적 수업 시간에 아이들을 깨우려고 애썼다. 여기저기서 아이들이 마지못해 부스스 고개를 들고는 충혈된 눈으로 무슨 일인가 하고 좌우를 살폈다.

"이 녀석들아, 국어 시간이다. 일어나라!"

김태호 선생은 국어 수업을 나름 재미있게 이끌었다. 작품에 따라 시가 나오면 시낭송하는 척도 하고 소설이 나오면 관련 미니시리즈나 영화 같은 것을 찾아내서 짤막하게나마 보여 주었다. 영상에 익숙한 아이들에게는 그런 수업 방식이 그나마 흥미를 끌 수 있었다.

"오늘 우편물이 하나 왔다. 재석이."

"네?"

"이거 받아라. 고청강 작가님이 너에게 보내셨다."

"저에게요? 뭘요?"

재석은 깜짝 놀랐다. 안 그래도 고청강 작가가 언제 연락을 해 오려나 목이 빠지도록 기다리고 있던 차였다.

"작품인가 보다."

김태호 선생이 누런 서류 봉투를 재석에게 건네주었다. 순간 재석은 심장이 멎는 것만 같았다. 가슴이 두방망이질 치며 미친 듯이 뛰었다.

"선생님, 감사합니다."

"지금 뜯어보고 싶지?"

"네? 아, 아니요."

그건 마치 마음속의 보석상자와 같은 것이었다. 자기만의 내밀한 작품, 아무에게도 보여 주고 싶지 않았다.

"그래, 그런 건 혼자서 뜯어보는 게 좋다. 잘 챙겨라. 자는 녀석들 일어나! 밤새 게임이나 하는 녀석들."

한두 녀석이 그새 고개를 숙였다가 정신을 차렸다.

"자, 수업 들어간다."

수업 시간 내내 재석은 가슴이 뛰어서 머릿속이 어지러웠다. 한 손으로 책상 서랍 안의 누런 봉투만 쓰다듬고 있었다.

재석이 이 작품을 쓰게 된 것은 가고 싶은 대학교에 대한 동경과 열망 때문이었다. 대학생이 되면 기분이 어떨까, 어떤 생활을 하게 될까 꿈꾸다 보니 주위의 대학생들을 유심히 관찰하게 되었다. 술도 마음껏 먹고 담배도 피우고 밤늦도록 쏘다니면서도 무슨 공부를 하는지 머리를 맞대고 궁리하고 토론하고 사회 비판도 하는 패셔너블한 대학생들이 선망의 대상이었다.

그 이야기를 글로 쓰다 보니 자신도 어느새 대학생이 된 것만 같았다. 대학에 가야 할 이유가 생겨서 반드시 원하는 대학 국문과나 문예창작학과에 들어가야겠다고 재석은 더더욱 결심을 하게 되었다.

50분의 수업이 어떻게 지나갔는지 알 수 없게끔 끝나 버렸다.

"자, 모두들 나가서 세수 한 번씩 해라. 아무리 힘들고 더워도 잠만 자면 되겠냐?"

김태호 선생은 들고 있던 책으로 교탁을 한 번 땅 친 다음 종소리와 함께 밖으로 나갔다. 재석은 그와 동시에 고청강 작가가 보내 준 서류 봉투를 들고 문예반 교실로 발걸음을 재촉했다.

문예반 교실은 자료를 쌓아 놓던 빈 교실을 김태호 선생이 특별히 글 쓰는 아이들에게 마련해 준 것이었다.

번호키를 눌러 문을 연 뒤 재석은 재빨리 들어가서 불을 켰다. 퀴퀴한 공기가 코를 찔렀지만 재석은 상관하지 않고 책상에 앉아 누런 봉투를 살펴보았다. 학교 주소와 함께 재석의 이름이 적혀 있었다.

봉투를 뜯어 조심스럽게 원고를 꺼냈다. A4용지 열 장 남짓한 인쇄물이 수줍은 듯 고개를 내밀었다.

"응?"

그 순간 재석은 깜짝 놀랐다. 분명히 흰 종이에 검은 글씨로 출력했던 글인데 온통 붉은 글씨로 뒤덮여 있었기 때문이다. 다음 장을 넘겨도, 그다음 장을 넘겨도 마찬가지였다. 심지어 열 줄, 스무 줄을 통째로 박스를 쳐서 빼 버리라고 엑스 자로 그어 버린 대목도 있었다. 문장마다 옆에 빨간 펜으로 첨삭이 되어 있었다. 눈뜨고 볼 수가 없었다. 하늘이 무너지는 느낌이었다.

'으으, 내 작품이 이렇게 엉망인가?'

재석은 나름 글 실력이 늘었다고 생각했는데 고청강 작가에게 지도를 받은 결과는 처참하기 짝이 없었다. 더 들춰 보기도 괴로워 봉투에 다시 집어 넣으려 할 때 안에서 작은 편지 봉투가 하나 나왔다. 겉봉에 '재석 군에게'라고 쓰여 있었다. 황급히 꺼내 보니 프린터로 출력한 정갈한 편지였다.

황재석 군, 많이 놀랐지?
재석 군의 작품에 내가 너무 신랄하게 평을 한 거 같아. 하지만 작가들은 모두 이런 과정을 거쳐서 독자들이 읽을 만한 좋은 작품을 만든다는 사실을 잊지 말게.
자네 작품을 읽어 보니 열정과 성의는 아주 잘 느껴지네. A4용지 열 장 분량의 단편소설을 고등학생이 쓴다는 건 분명 대단히 칭찬받아야 할 일이야. 얼마나 애를 써서 작품을 완성했을지 누구보다 나는 잘 알고 있지. 그리고 약간의 가능성도 발견했다네. 군더더기 없이 박진감 있게 스토리를 전개하는 능력은 아주 좋더군. 한 편의 영화를 보는 것 같았어. 훌륭한 가능성이라고 생각하네.

하지만 칭찬은 여기까지. 자네가 쓴 글에 내가 표시도 했지만 자네 작품은 가장 문제가 되는 것이 관념적이라는 사실이야. 즉 머리로만 썼다는 것이지. 직접 경험한 내용을 바탕으로 썼다면 관념적이라는 느낌을 주지 않을 텐데 자네는 생각과 말로만 작품을 썼더군.
예를 들어 자네 작품의 주인공이 학문을 이야기하며 부조리와 비리를 정의의 이름으로 물리쳐야 한다고 했는데 요즘 대학생은 알

바라든가 졸업, 취업 같은 일상의 고민 속에서 사회 문제를 바라보고 있다네. 자네 작품에서는 그러한 요즘 대학생들의 모습이 보이지 않아.

왜 그럴까? 내 생각에 자네가 고등학생이기 때문일세. 고등학생인 자네가 잘 알지 못하는 대학생의 이야기를 썼기 때문에 안 맞는 옷을 입은 것처럼 어색할 수밖에. 대학생에 대한 작품은 대학생이 된 다음에 쓰게나.

지금 자네에게 필요한 건 고등학생의 고민과 삶을 그린 작품이야. 자네가 고등학생이기 때문이지.

그러면 고등학생은 고등학생이 나오는 작품만 쓰느냐? 그건 아니야. 작가는 대개 자기가 잘 알고 가장 고민하는 문제를 쓴다네. 왜? 세상에는 수많은 문제가 있지만 다 내가 속속들이 알 수 있는 것들이 아니기 때문이야. 그래야 할 필요도 없고. 그래서 오늘 내가 해 줄 말은 다른 것은 없다네. 표현이나 수사법은 자네 글에 다 표시해 놓았으니 참고하고, 가장 중요한 것은 본인이 잘 알고 공감할 수 있는 주제 선정일세. 다시 말해 재석 군 주변 사람들의 이야기를 다뤄 보도록 하게. 청소년들의 고민을 다룬 자네의 새 작품을 기다리고 있겠네.

내 편지가 문학에 대한 자네의 꿈과 열정을 꺾었다면 아주 환영하네. 한 번의 혹평으로 글쓰기를 관둘 사람이라면 딴 길을 가는 게 낫다네. 나 같은 작가도 작품을 내면 사방에서 비판과 지적이 들어와. 그걸 이겨 내고 견뎌 내면서 끊임없이 배우는 자세를 갖지 않으면 작가가 될 수 없다네.

행운을 비네.

마지막에는 학이 날개를 펴고 날아오르는 것 같은 작가의 사인이 멋들어지게 곁들여져 있었다. 재석은 두 다리가 후들거렸다. 정말 앞이 깜깜했다.

'아, 이렇게 소설 쓰는 게 어려운 건가? 작가님에게 인정받으려면 도대체 어떻게 써야 하지?'

온통 시뻘겋게 그어진 원고를 한 장씩 넘겨보았다. 자세히 들여다볼 엄두는 나지 않았다.

그때 문이 열리며 민성이 고개를 들이밀었다.

"야! 내가 너 이러고 있을 줄 알았어."

"왜?"

"미친개가 빨리 너 데려오래."

"아차!"

3교시 시작을 알리는 종소리도 듣지 못했다. 재석은 후다닥 뛰어 내려갔다. 수학 선생인 미친개가 수업을 하다 재석이

들어오자 꼬나보며 물었다.

"너는 어디서 땡땡이치다 오는 거냐?"

"죄송합니다."

곁에서 민성이 대변인처럼 말해 주었다.

"선생님, 저번에 강연 오셨던 고청강 선생님이 재석이 작품을 봐주셔서요. 그거 읽으러 갔다 왔나 봐요."

"야, 조용히 해."

민성을 만류하는 재석의 얼굴이 붉어졌다.

"어, 그래? 충격받았겠구나. 허허, 녀석. 그런 건 나중에 집에 가서 조용히 봐."

"네."

순순히 타이르고 만 미친개 덕에 무사히 자리에 앉았지만 재석은 수업이 귀에 들어오지 않았다. 마치 고청강 작가가 귓가에 대고 속삭이듯 편지 내용이 계속 쟁쟁했다. 머리가 지끈거리고 열이 오르며 숨이 찼다. 고등학생의 고민, 자신이 가장 잘 아는 것을 찾아야 한다는 말이 머릿속에서 떠나질 않았다.

재석은 조용히 종이 한 장을 꺼내 끄적였다.

요즘에 애들이 가장 많이 하는 고민이나 문제가 뭐냐?

민성은 받아 읽더니 그 종이에 쪼그맣게 또 써서 돌려보냈다.

왜? 고청강 작가님이 그런 걸 써 보래?

눈길이 마주치자 재석은 고개를 끄덕였다.

민성은 옆에서 자고 있는 녀석들을 가리켰다. 팬터마임을 하듯이 이 녀석 저 녀석을 손가락으로 찍더니 특별히 재현이는 양손을 들어 강조하며 가리켰다.

재현이는 학교에 오면 잠만 자는 녀석이었다. 학교가 끝나면 눈에 불을 켜고 어딘가로 달려가는 애라 특별히 대화를 나누거나 관심을 가진 적이 없었다.

'박재현? 재현이가 왜?'

재석이 소리 나지 않게 입모양으로 물었다. 그러자 민성이 키보드를 두드리며 마우스를 움직이는 동작을 했다.

'게임?'

고개를 끄덕일 때 칠판에 풀이를 적던 미친개가 뒤돌아보았다.

"야! 민성이, 재석이! 너희들 수업에 집중 안 해?"

"죄송합니다."

턱을 괴고 칠판을 바라보며 재석은 생각했다. 미치도록 재미있지만 한번 빠지면 시간과 정신과 성적을 잃고 마는 게임. 요즘 아이들의 고민이 게임이라는 사실이 전구라도 하나 켜진 것같이 반짝, 머릿속에 들어왔다.

게임, 바로 그거였다.

게임천재 재현이

"우리 부모님이 키보드를 들고 여행 가 버린 적도 있었어."

"네가 게임 못하게?"

"응. 엄마 아빠 없으면 내가 게임만 할까 봐 키보드를 빼서 차에다 실으시더라고, 허허!"

재현이는 허탈하다는 듯이 웃었다.

"그게 언젠데?"

"중학교 2학년 때."

"그래? 넌 그때부터 게임에 빠졌던 거야?"

"응. 엄마 아빠가 바쁘시니까 게임에 빠질 수밖에 없더라고."

학교 근처 패스트푸드점에서 재현이는 재석과 민성을 앞에 놓고 게임 이야기를 했다.

재석이 인터뷰 아닌 인터뷰를 하게 된 까닭은 청소년들의 고민이면서 자신이 잘 아는 이야기를 쓰라는 고청강 작가의 충고 때문이었다. 민성에게 물어보니 게임이 가장 큰 문제라고 했다. 게임이라면 재석도 아는 주제다.

"게임 랭킹은 우리 학교에서 재현이가 제일 높아."

민성이 쉬는 시간에 재석에게 말했다.

"그래?"

"그리니치 게임 대회도 나갈 정도의 실력이라던대? 애들이 얘기하더라."

"정말이야?"

그리니치 게임은 영국의 고대 그리니치 지역을 배경으로 한 게임이다.

그리니치는 표준시의 기준점이 되는 천문대로 유명한 곳이지만 게임에서는 인류의 문명과 시간, 역사가 시작되는 공간이다. 이곳에 전 세계의 워리어들과 기사들이 군사들을 이끌고 몰려와 세력을 확장하며 성을 만들고 전략적으로 힘을 키운다. 이 게임의 놀라운 스토리텔링과 흥미성 때문에 유저가 전 세계에 수백만이라고 한다.

궁금한 건 즉시 해결해야 하는 재석이었다. 재석은 점심시간에 졸린 눈을 비비면서 주머니에 손을 꽂은 채 식당으로 가고 있는 재현에게 다가갔다.

"재현아!"

"어? 왜?"

재현은 경계하였다. 덩치가 크고 주먹 좀 쓰는 재석이 먼저 아는 척한 건 처음이었기 때문이다.

"너, 게임 잘한다며?"

"누가 그래?"

고개를 저어 외면했다.

"야, 내가 얘기 다 들었어."

"왜, 게임하면 안 되냐?"

"그게 아니고, 네가 알다시피 내가 글을 쓰려고 하잖아. 그런데 고청강 작가님에게 완전 박살이 났어."

사람에게 접근할 때 자기 약점부터 보여 주는 것이 마음을 쉽게 여는 길임을 잘 아는 재석이었다. 천하의 황재석이 누군가에게 당했다는 이야기를 듣자 재현이 눈을 반짝이며 관심을 보였다.

"그래서?"

"고청강 작가님이 잘 모르는 주제 말고, 내가 아는 주제나 청소년의 고민에 대해서 써 보라고 하셔서 게임을 생각하게 된 거야. 네가 게임 고수라며? 난 게임을 잘은 모르거든. 뭐 쪼끔 해 보다 말았어. 나는 게임이 적성에 안 맞더라."

재현은 웃듯 말 듯한 얼굴로 말했다.

"그래, 적성에 안 맞을 거야. 너는 일상을 게임처럼 살고 있잖아? 게임하는 애들은 현실에서 그렇게 못 살기 때문에 게임에 빠지는 거거든."

"그래? 그래서 게임에 대해 너하고 얘길 좀 나누고 싶어. 야, 좀 도와줘라."

재현은 그제야 경계심을 풀었다.

"좋아. 나중에 수업 끝나고 보자."

그렇게 하여 그날 종례 후 학교 운동장 옆 벤치에 앉아 재석은 재현과 이야기를 나누었다.

"게임과 게임하는 아이들의 일상, 고민을 쓰려고 해. 근데 내가 자세히는 모르니까 너한테 이야길 좀 듣고 싶어."

"게임도 스토리가 있어. 게임 스토리를 개발하는 사람들도 굉장히 많고. 나는 뭐 스토리 개발 쪽은 아냐. 지금은 게임 개발을 공부하고 있는데, 나중에는 게임 해설을 하거나 평론을 쓰고 싶어."

"오오, 너도 글을 쓰냐?"

"아니. 앞으로 훈련을 받아야지. 유튜브에서 게임 방송 해설도 해 볼 생각이야. 그런데 부모님은 게임 개발자가 되는 것이 좋겠다고 하셔."

"게임 개발? 그럼 너 게임도 만들 수 있어?"

"지금 공부하고 있어. 간단한 게임은 이미 연습 삼아 만들었고."

수업 시간에 잠이나 자고 공부는 뒷전인 줄 알았던 녀석이 꿈을 위해 이렇게까지 노력하다니, 재석은 당황스러웠다. 사람은 역시 겉보기로만 판단할 수 있는 게 아니다.

"나는 그래서 대학도 게임학과에 갈까 생각 중이야."

"게임학과도 있냐?"

"많아."

"야, 이럴 게 아니라 자세하게 인터뷰 좀 하자."

"나 이제 학원 가야 하고 주말에는 게임 회사에 가야 해."

재현이 무심하게 툭툭 던지는 말 하나하나가 놀라웠다.

"회사? 회사엔 또 왜 가? 무슨 회사인데?"

"응. 레드홀."

레드홀이라면 요즘 대세 게임인 워그라운드의 제작사였다. 그곳에 간다니 재석으로서는 놀라지 않을 수 없었다.

"그 회사가 어디 있는데?"

"판교에 있어."

벤처기업이 많이 입주해 있다는 판교. 말로만 듣던 그곳을 재현이 드나든다는 것만으로도 경외감이 들었다.

"난 레드홀의 고등학생 인턴이라 일주일에 한 번씩 가서 게임 개발된 거에 대해서 평을 해 줘야 해."

병든 닭처럼 수업 시간만 되면 꾸벅꾸벅 졸던 녀석이 갑자기 위대해 보였다. 누가 감히 재현이를 게임이나 하는 찌질한 루저라고 하겠는가.

"그렇구나. 그럼 네가 시간 날 때를 알려 줘."

"그래. 내가 나중에 문자 줄게."

일주일가량 뒤 토요일 오후, 재석은 민성과 함께 재현을 학교 근처 패스트푸드점에서 만났다. 햄버거와 음료수는 다 재석이 샀다. 자신이 원하는 것을 얻기 위해 처음으로 누군가를 대접하는 기분은 묘했다. 이건 순전히 부라퀴 할아버지의 조언에서 시작되었다.

> 할아버지, 재현이라는 아이에게
> 인터뷰를 좀 할까 하는데
> 어떻게 해야 되나요?

인터뷰를 하고 뭔가를 물어본다는 건
그 사람의 시간을 빼앗는 게 아니겠느냐.
네가 필요해서 만나자고 했으니
네가 되도록 모든 비용을 내어
고마움을 표시하면 어떻겠니?
네가 얻고 싶은 만큼
그 친구에게 주어야 한다.
그게 예의고 세상 사는 이치란다.

생각지도 못했던 가르침에 재석은 오늘 하루 재현에게 아낌없이 투자하리란 각오로 모아 둔 돈을 탈탈 털어 나온 터였다.

재현은 먹성이 좋았다. 햄버거에 감자, 치킨까지 먹고 연신 주스와 콜라를 마셔댔다.

"야, 너 많이 먹는다."

녀석의 불룩한 배를 보며 재석이 말했다.

"게임을 하려면 머리를 많이 쓰거든. 생각보다 에너지 소모가 큰 것 같아. 하지만 먹는 게 더 많아서인지 이렇게 살이 쪘어. 하하!"

"그건 그렇고 너는 어떻게 해서 게임을 시작하게 됐냐?"

비로소 재석은 본격적으로 묻기 시작했다.

"우리 엄마 아빠가 맞벌이를 하셔서 바쁘잖아. 엄마는 식당을 하시고 아빠는 사업하시니까 학교 끝나고 집에 왔을 때 대화 나눌 사람이 없었어."

"그랬구나."

"그러다 보니까 자연스럽게 게임을 하게 됐지."

"우리 집도 그랬는데. 그래도 나는 게임을 별로 많이 하진 않았어."

곁에서 영상을 찍고 있던 민성이 웃으며 재석의 말에 끼어들었다.

"야, 너는 컴퓨터 대신 실제로 게임을 했잖아. 애들 두들겨 패면서, 인마."

"짜식! 같이한 놈이 뭘 그래?"

서로 픽픽 웃으며 대화를 나누자 재현도 따라 웃었다.

"너희는 일상에서 실제로 몸을 쓰면서 게임보다 더 박진감 넘치게 지내지만 보통의 경우에는 야외활동을 많이 할 수 없잖아."

"축구나 농구 같은 거 하면 되잖아?"

"생각해 봐. 축구나 농구를 하려면 축구화같이 신발 신경 써야 하고, 옷 갈아입고 또 애들 불러 모아야 하잖아. 최소한 두세 명은 있어야 할 거 아냐?"

"하긴 그렇지. 혼자 축구를 할 순 없지."

"그래. 하지만 그렇게 친구들을 매번 불러 모으는 게 쉬운 일은 아니야."

재석은 미적지근한 얼굴로 고개를 끄덕였다. 친구들과 어울려 살았던 재석에게 같이할 사람이 없어 뭘 못한다는 건 사실 잘 이해가 되지 않았다. 특히 불량서클을 하던 시절에는 대여섯 명에서 열 명씩 무더기로 다녀 버릇한 재석이어서 혼자 있는 아이들의 외로움이 와닿지 않았다.

"결국 난 외로워서 게임을 했던 것 같아. 게임은 접근성이 좋잖아. 컴퓨터만 켜면 할 수 있고, 게다가 요즘은 게임마다 M자가 붙어 있어."

"M? 그건 또 뭐냐?"

"모바일 게임이란 뜻이야."

"아, 그렇구나."

"나는 이 M자 붙은 게임이 위험하다고 생각해."

요즘은 게임이 스마트폰이나 태블릿PC 등 모바일 기기에서도 즐길 수 있게 나온다. 누구든 언제 어디서나 스마트폰만 켜면 게임을 할 수 있도록 말이다. 초기에는 게임에 시간을 뺏긴다거나 중독된다는 문제가 제기되었지만 이제는 모든 사람이 늘상 하다시피 해서 그런 문제 제기 자체가 우스워지는 상황에까지 이르렀다.

"그래서 더 쉽게 접근하게 되었구나."

"그렇지. 나는 바로 게임에 빠져들었어. 결국 엄마는 날 볼 때마다 컴퓨터 끄라 그러고 나중에는 키보드까지 뺏어 가곤 했지."

"엄마가 키보드 뺏어 가면 못하는 거야?"

재석은 진심으로 궁금했다.

"후후! 그 정도야 문제도 아니지. 키보드를 하나 사다가 몰래 숨겨 놓았거든. LED 백라이트 빵빵하게 들어오고 상판 알루미늄 바디에다가 금도금 USB 케이블까지 갖춘 완벽한 게임용 키보드로다가."

"뭐? 하하하!"

민성과 재석은 깔깔대고 웃었다.

"라이트 끝내주고 터치감도 죽이는 키보드! 엄마한테 들킬까 봐 책상 서랍을 빼고 그 안쪽에 세로로 세워 놨지. 그럼 평상시에는 아빠 엄마랑 같이 쓰는 일반 키보드만 보이거든."

"너, 완전 고단수구나!"

"그런데 어느 날 엄마가 일반 키보드를 뽑아서 여행을 가신 거야. 엄마 아빠가 없는 1박 2일 동안 나는 LED 키보드로 잠도 안 자고 꼬박 게임을 했다는 거 아니냐."

상상이 되었다. 청소년기는 뭔가에 빠지면 앞뒤를 가릴 수 없는 시기였다.

재석도 근력을 기른다고 밤새도록 뒷산을 오르고 철봉을 하고 뛰고 달리던 생각이 났다. 목표는 오직 하나, 불량서클 '스톤'에서 서열을 높이는 것이었다. 게임도 다를 바 없다는 생각이 들었다.

재석은 간간이 재현이 해 주는 말을 메모하며 들었다.

"그런데 게임은 대체 어떤 매력이 있냐?"

"일단 게임 세계에서는 내가 노력한 만큼 성과가 나와. 공평하거든. 초보자라도 많이 하면 차츰 상대를 이기고 고수가 되어 가지. 정직한 면이 있어. 갑질도 없고, 출발점이 다르지도 않아."

"그렇구나."

"그뿐만이 아니라 게임 세계에선 외롭지 않아. 친구들이 모두 들어오거든. 애들이 금요일 날 하교할 때 뭐라고 인사하는지 아냐?"

"게임에서 만나자고?"

"맞아."

청소년들은 금요일 밤부터 새벽까지 모두 게임의 세계에 모여들었다. PC방에서, 혹은 스마트폰으로 전 세계의 친구들이 만나 실력을 겨루고 게임을 했다. 그 어마어마한 규모를 어른들은 잘 모르고 있을 뿐이었다.

"그곳에서 친구들을 만나는 거야. 어른들이 왜 게임하지 말라는 건지 너희도 알지?"

"왕따 당할까 봐 그러는 거지."

"맞아, 게임의 세계에 빠져 현실에서 친구를 못 사귈까 봐 걱정하셔. 그렇다고 학교에서 친구를 변변히 사귈 수 있는 것도 아니잖아. 모두들 공부, 공부만 하라고 하는데."

재현이는 툭툭 던지듯 말했지만 결코 가벼운 이야기가 아니었다. 바쁜 현대사회에서 어떻게 아이들이 게임에 접근하는지를 알려 주었다.

"다른 문제는 없냐?"

"왜 없겠냐? 게임 아이템을 사야 되니 현금으로 아이템을 구매하는 현질을 하면서 돈이 바닥나는 거지."

"그래? 키보드 하나 산 거 정도는 애교겠구나."

"그래도 그 키보드 때문에 우리 집은 난리가 한 번 났다."

재현은 과거를 소환해 담담하게 이야기했다.

"부모님이 여행을 다녀오신 날이 내 키보드 제삿날이 됐어. 그날 엄마가 갑자기 들이닥쳐서 들켰지."

"어떻게? 키보드 못 숨겼어?"

"키보드는 숨겼는데 엄마가 컴퓨터를 만져 보시더라고."

재현의 아빠와 엄마는 여행지에 비가 와서 예정보다 일찍 집에 돌아왔다. 재현이 얼른 컴퓨터를 끄고 자는 척했지만 엄마의 예리한 눈을 피하진 못했다.

"재현이 너, 컴퓨터가 왜 이렇게 뜨거워?"

컴퓨터를 만져 본 엄마가 새된 목소리로 물었다.

"몰라요. 자기가 스스로 과열됐나 봐요."

"뭐어? 이 녀석이."

엄마는 여행지에 가져갔던 키보드를 본체와 연결하여 접속 기록을 살폈다.

"너, 방금까지 게임했잖아!"

"아, 아니에요."

재현은 일단 부정하였다. 그러나 엄마는 아들의 충혈된 눈과 멍한 얼굴을 보고는 화가 치밀어 가슴을 쳤다.

"내가 못살아! 널 믿은 내가 잘못이지. 박재현! 너 키보드 어디다 숨겼어?"

할 수 없이 재현은 숨겨 놓았던 게임용 키보드를 꺼내 왔고, 엄마는 그 자리에서 키보드를 방바닥에 내리쳤다. 박살이 난 키들이 사방에 옥수수 알 튀듯이 튀었다.

"1박 2일을 꼬박 게임만 하고 있었다니. 이 미친놈아!"

화가 머리끝까지 치솟은 엄마는 컴퓨터 모니터를 확 잡아채서 그대로 베란다 바닥에 내던져 버렸고, 모니터마저 완전히 박살이 났다고 한다.

"우와! 너네 엄마도 정말 대단하시다."

이야기를 듣던 재석과 민성은 고개를 절레절레 저었다.

"그래. 그런데 결국은 며칠 뒤에 모니터를 새로 사시더라고, 더 큰 걸로."

"뭐? 왜?"

"컴퓨터를 안 쓸 수는 없잖아. 엄마 아빠도 집에서 가끔 쓰시거든. 요즘은 두 분 다 태블릿이나 스마트폰을 쓰시지만."

"하하하!"

"그 대신 약속을 했지."

"뭐라고?"

"시간 정해 놓고 게임하겠다고. 그러니까 새로 사 주셨어."

민성이 카메라를 끄면서 말했다.

"지킬 수 없는 약속이지."

"맞아. 우리에게 게임을 끊으라는 거는 똥개에게 똥을 누지 말라는 것과 똑같아."

"똥개? 하하하!"

그날 재석은 재현과 자리를 바꿔 가며 이런저런 이야길 나누었다. 하루 만에 부쩍 재현과 친해진 느낌이었다. 헤어질 때 재현이 말했다.

"재석아, 너는 꿈이 작가라며? 나중에 내가 게임 만들고 네가 스토리를 쓰면 좋겠다."

"재밌는 분야네. 관심을 좀 가져 볼게."

"그런데 말이야."

"응."

"일단 게임을 좀 해 봐야 해."

"하하, 알았어. 나도 해 볼게."

"근데 너 같은 애들은 게임에 중독되기가 힘들어."

"왜?"

"활동적이잖아. 예쁜 여자 친구도 있고. 나는 네가 부럽다. 나도 활동적으로 살고 싶은데 그러지 못하니까 게임에 빠진 거거든. 어쩔 수 없지 뭐. 그럼, 오늘은 이만. 둘 다 잘 가라."

재현은 서둘러 제 길을 갔다. 컴퓨터 프로그래밍을 배우러 가야 한다는 거였다. 재석은 멀어지는 재현을 보면서 잠시 생각에 잠겼다.

"재현이, 알고 보니까 실속이 있는 녀석이었네."

"그래, 워그라운드 세계 랭킹도 굉장히 높다잖아. 재현이

말고 우리 학교에 유튜브 활동을 하는 애도 있고 쇼핑몰을
직접 운영하면서 돈을 버는 애도 있다더라."

"정말이야?"

"응. 그런 녀석들도 나중에 한번 취재해 보자."

"그래, 알았어."

둘은 보담이와 향금이를 만나기 위해 버스에 올라탔다. 멀
지 않은 곳의 약속장소에서 먼저 와서 기다리고 있는 향금과
보담을 만났다.

"빨리 와. 왜 이렇게 늦었어?"

향금이 흘겨보았다.

"미안미안. 인터뷰하다가 그만."

"무슨 인터뷰?"

"아, 재석이가 고청강 작가님께 까였잖아."

"응?"

재석의 일은 향금과 보담에게도 충격이었다. 재석의 소설
이 제법 좋다고 여겼는데 시뻘겋게 고쳐 놓은 원고를 보니
자신들도 괜히 그렇게 민망할 수가 없었다. 보담은 원고를 한
장 한 장 자세히 들여다보았다.

"고청강 작가님이 지적하신 내용 보니까 나에게도 도움이
된다."

보담의 말에 재석은 얼굴에 화색이 돌았다.

"그래?"

"글을 추상적, 관념적으로 쓰지 말고 현실적이고 구체적으로 쓰라는 말씀이 좋았어. 그리고 말이야, 네가 대학생 김철은 이진을 사랑하며 '혼자' 고민에 빠졌다라고 썼잖아."

"응."

"거기에 작가님이 이진을 사랑하는 고민을 '여럿이' 나눠서 빠질 수도 있냐고 하셨는데, 진짜 웃기다."

"그래?"

"짝사랑의 고민은 혼자 하는 게 당연한데 '혼자 했다' 그러니까 웃기지. 그냥 고민에 빠졌다 하면 된다잖아."

"짝사랑 고민도 같이할 수 있지 않나?"

"근데 내용을 보면 아무에게도 말 못하는 고민이잖아. 근데 그걸 여럿이 할 수도 있고 혼자서 할 수도 있는 것처럼 쓰니까 작가님이 지적하셨지. 나도 앞으로 글 쓸 때는 그런 걸 세심히 따져야겠어."

"나는 맞춤법과 띄어쓰기도 중요하단 걸 새삼 느꼈어."

그때 향금이도 옆에서 끼어들었다.

"맞아. 그건 기본이지."

"근데 학교에서는 왜 그런 건 자세하게 안 가르쳐 주지?"

"초등학교 때 다 배웠다고 생각하나 봐."

"그런가?"

"아냐. 내가 보기엔 선생님들도 글쓰기를 배운 적이 없어서 그런 것 같아."

보담이 날카롭게 지적했다.

"내가 샘들께 글 보여 드리면 맞춤법이나 띄어쓰기 정도 지적해 주시지 어떻게 써야 좋은 글인지는 얘기가 없으시더라구. 그런 건 전문 작가가 봐야 하는 것 같아."

"어머, 맞아. 외국영화 보면 거기에서는 작문 선생님들이 따로 있어서 지적해 주고 토론해 주고 그러던데."

"우리는 입시에 치여서 그런 공부나 지도가 잘 안 돼."

"그런 것 같아."

이야기를 나누다 보니 저녁 먹을 시간이 됐다.

"우린 먹고 왔다."

민성이 배를 살짝 두드리며 말했다.

"재현이가 정말 잘 먹더라구. 먹방러인 것처럼. 그래서 분위기 맞춰 가면서 먹었더니 아직도 배가 불러."

재석도 시장기가 없다는 제스처를 해 보였다.

"우리도 라면에다가 김밥 먹었어. 간단하게 아이스크림이나 먹으러 가자."

향금이 발랄하게 말하는데 왠지 보담의 얼굴이 어두웠다. 아까 잠시 전화를 받고 온 뒤로 쭉 그랬다. 아이스크림 가게에 가서 달콤한 아이스크림을 입에 넣는데도 보담의 표정은 풀리지 않았다.

"보담아, 무슨 안 좋은 일 있니?"

재석은 걱정스레 물었다.

"외삼촌이 병원에 입원하셨대."

"왜? 니네 외삼촌 건설일 하신다고 그러지 않았어? 부라퀴할아버지의 가평 별장도 지어 주셨다면서?"

보담의 사정을 잘 아는 향금이 물었다.

"맞아. 지금은 아파트 건설현장에서 일하셔. 아직 젊고 건강하신데 갑자기 무슨 일로 충격을 받으셨는지 쓰러지셨대."

"무슨 일?"

"자세한 건 엄마가 가서 알아보고 알려 주신대."

그때 보담의 스마트폰에 문자가 떴다.

"어머, 은미가?"

"왜 그래? 은미가 왜?"

향금이 처음 듣는 이름을 입에 올렸다.

"은미? 은미가 누구냐?"

민성이 여자 이름이 나오자 관심을 보였다.

"외삼촌 딸인데, 걔가 게임중독이 심해져서 외삼촌이 쓰러지신 거래."

보담이 수심 어린 얼굴로 말했다.

"그렇다고 아빠가 쓰러져?"

"외숙모 보험 보상금으로 나온 8천 5백만 원을 게임에 다 써 버렸대."

"뭐어?"

상상도 할 수 없는 이야기에 다들 눈만 끔벅였다. 금액도 어마어마한데다 게임으로 그 돈을 다 날렸다는 것도 영 감이 잡히지 않았다.

"어디 봐 봐!"

재석이 믿을 수 없다는 듯 보담이 스마트폰의 문자를 들여다보았다.

> 보담아, 은미 이 정신 나간 기집애가 글쎄
> 외삼촌이 지방 가 있는 사이에 외숙모
> 보험 보상금을 게임에다가 다 썼단다.
> 한두 푼도 아니고 8천 5백을…….
> 이게 가능하니?

재석은 자기 눈이 의심스러울 지경이었다. 옆에서 민성이 말했다.

"야, 현질로 몇십만 원 썼다는 얘기는 들어봤지만 천만 원 단위라니……. 보담아, 네 동생 간이 배 밖에 나왔나 보다."

"아무래도 나는 병원에 가 봐야 할 것 같아."

우울한 얼굴로 보담이 자리에서 일어났다.

"그러지 말고 우리도 같이 가자."

네 친구는 허둥지둥 아이스크림 가게를 나와서 보담의 외삼촌이 입원해 있다는 병원으로 향했다.

은미라는 아이

재석은 친구들과 함께 온사랑병원을 찾아갔다. 보담이네 집에서 가까운 병원으로 정한 것을 보니 아마 보담이 엄마가 수시로 드나들며 간호를 해 주려는 모양이었다.

"응급실에 실려 오셨는데 다행히 금세 회복돼 일반병실에 계시대."

보담이가 걱정스러운 얼굴로 말했다.

"너네 외삼촌 어떤 분이셨어?"

"중고등학교 때 우등생이셨대. 서울대학교 건축과를 들어 가셨지. 졸업하고는 건축 사무실을 크게 하셨는데 IMF 때 한

번 망하고, 그다음에 2차 금융 위기 때 또 한 번 망해서 지금은 아파트 건설현장에서 현장소장 같은 걸 하셔. 그래서 집을 비우시는 일이 많지."

재석은 게임에 빠진 은미의 마음이 조금은 이해되었다.

"그럼 집에는 소홀하셨겠구나."

"그래. 그런데 올 초에 외숙모가 암으로 돌아가셨어."

아무도 말을 하지 못했다. 은미라는 아이가 무척 외로웠겠다는 생각에 마음이 짠했다.

엘리베이터를 타고 올라간 병실에는 보담이 엄마와 부라퀴 할아버지까지 와 있었다. 휠체어를 탄 부라퀴를 보자 재석과 민성은 허리를 90도로 꺾어 인사했다.

"할아버지! 안녕하셨어요?"

"그래, 잘 있었느냐?"

부라퀴는 오랜만에 만난 아이들을 보며 미소 지었다. 휠체어를 타고 있지만 눈빛만은 여전히 형형하였다.

"공부 열심히 하고 잘 지낸다고 이야기 들었다, 너희 교장에게."

"교장쌤께서 항상 격려해 주십니다."

"어려운 일 있으면 언제든지 연락해라."

"네, 할아버지. 감사합니다."

부라퀴는 재석이의 영원한 멘토였다. 만날 때마다 그의 카리스마에 기가 죽지만 부라퀴가 곁에서 멘토링을 해 주는 한 재석은 반드시 성공할 거라는 믿음을 갖고 있었다.

"난 이제 집에 가야겠다."

전동 휠체어를 따라가는 보담이 엄마의 뒤로 재석과 민성도 함께 나가 엘리베이터 앞까지 배웅했다.

"아버님, 먼저 들어가세요. 저는 여기에 조금 더 있다 가겠습니다."

"그래. 천천히 오거라. 사돈한테 너무 걱정 말라고 전하고."

"네, 감사합니다."

보담이 엄마의 인사가 끝나자 재석도 인사를 했다.

"안녕히 가세요, 할아버지."

"그래. 궁금한 거 있으면 언제든 저번처럼 문자 보내라."

그 말을 끝으로 엘리베이터 문이 닫혔다.

"문자? 너 부라퀴 할아버지한테 문자 보낸 적 있냐?"

민성이 궁금하다는 얼굴로 재석을 바라보았다.

"응. 재현이 인터뷰할 때 어떻게 하면 좋으냐고 여쭤봤어."

"왜?"

"그런 거 한 번도 안 해 봐서."

"그랬더니 뭐라셔?"

"인터뷰해 주는 재현이한테 얻고 싶은 만큼 감사를 표하라고 하셨어."

"하하하! 그래서 네가 아까 돈을 아낌없이 썼구나."

"응. 후후! 그런데 짜식이 그렇게 잘 먹을 줄은 몰랐지."

병실로 돌아오니 보담이가 어머니와 향금이, 외삼촌과 둘러앉아 이야기를 나누고 있었다.

"그래도 이만하기 다행이지."

보담이 엄마는 누워 있는 오빠가 안타까웠는지 연신 붙잡은 손을 쓰다듬었다. 외삼촌은 다리와 팔에 붕대를 칭칭 감고 있었다. 재석은 고개를 갸웃했다. 부목까지 댄 걸 보면 뼈가 잘못되었다는 얘긴데 충격으로 쓰러지면서 뼈라도 부러졌단 말인가.

"오빠, 그러니까 평소에 은미한테 신경 좀 더 쓰라고 했잖아요."

"은미를 믿었지."

보담 엄마의 말에 외삼촌은 힘없는 얼굴로 말했다. 모든 희망을 잃은 자의 목소리가 있다면 바로 저게 아닐까 싶었다.

"중학교 2학년짜리 애를 어떻게 믿어? 오빠도 참."

보담이 엄마가 갑갑하다는 듯이 이야기했다.

"지 엄마 힘들게 보내면서도 의젓하기에 다 큰 줄 알았지."

"하긴. 그래도 어린 애가 간도 크지. 어떻게 게임으로 그 큰 돈을 날릴 수가 있어."

재석은 옆에서 묵묵히 지켜보고만 있었다. 그러다 은미라는 아이가 지금 어디에 있을까 궁금하였다. 눈빛으로 보담에게 물었다.

'은미는 어디 있어?'

보담이 자기도 모르겠다는 듯 고개를 가로저으며 어깨를 으쓱하더니 엄마에게 물었다.

"엄마, 은미는 지금 어디 있어요?"

"나랑 병원에 함께 왔는데, 혼자 있고 싶어 하는 거 같아서 휴게실에서 좀 쉬고 있으라고 했어. 걔도 놀랐을 거야. 아빠가 자기랑 통화하다 기절해서 병원에 실려 왔으니……."

보담이 자리에서 일어났다.

"내가 가 볼게요."

"그래, 네가 얘기 좀 해 봐라. 은미도 힘들 거야. 엄마 목숨 값을 다 날리고 저라고 마음이 편하겠니? 그나저나 어떡하니? 그 돈을 다 써 버려서."

병실을 나가는 보담을 재석과 향금과 민석이 쫓아 나갔다. 휴게실을 찾아 좌우를 두리번거리고 있을 때 보담이 먼저 환자 대기실 벤치 한쪽 구석에 앉아 있는 은미를 발견하였다.

"은미야, 언니 왔어."

단발머리에 수수한 차림의 은미는 고개를 푹 숙이고 휴게실 의자에 앉아 있었다. 고개를 들어 보담을 보자 큰 눈에서 눈물이 뚝뚝 떨어졌다. 두려움과 공포에 사로잡힌 얼굴이었다. 자신이 저지른 일이 무엇인지를 알고는 있는 것 같았다. 보담은 옆자리에 앉아 은미의 등을 쓰다듬으며 말했다.

"괜찮아, 울지 마. 이미 벌어진 일을 어쩌겠니? 은미, 네 잘못이 아니야."

재석은 그 말을 이해할 수 없었다. 잘못이 아니라니. 게임에 빠져서 거액의 돈을 다 써 버린 것이 어떻게 잘못이 아니라는 것인가.

"어, 언니! 흐흐흑!"

은미가 보담이 품에 안겨 눈물 흘리는 것을 보며 재석은 민성과 함께 자판기 앞으로 갔다.

"멀쩡한 애가 어떻게 저런 사고를 쳤지?"

"글쎄 말이야."

"그나저나 게임이 정말 무섭긴 무섭다. 그 큰돈을 다 날리다니."

보담은 병원에서 돌아오는 길에 외삼촌과 은미 이야기를

자세히 들려주었다. 금융 위기를 겪으며 형편이 어려워지자 외삼촌은 바깥으로 돌고 외숙모는 식당 일을 하면서 힘들게 살았다고 했다.

"외숙모가 작년에 유방암을 너무 늦게 발견해서 수술 시기를 놓쳐 그만 돌아가셨어."

"저런."

아이들은 숙연해졌다.

그렇게 보험에서 보상금으로 8천 5백만 원이 나왔던 것이다. 지방에서 아파트 공사 현장을 맡고 있던 외삼촌은 서울에 은미를 혼자 두고 일하러 갈 수밖에 없었다. 그런데 집에 보상금 통장과 도장, 그리고 은행 체크카드를 두었다가 사고가 난 거였다.

헤어지기 전에 네 아이는 편의점에 들러 간식을 먹으며 이야기를 더 나누었다. 재석은 은미에게 관심이 생겼다. 고청강 작가가 청소년들의 이야기를 써 보라고 했는데 게임이야말로 적합한 소재라는 확신이 들었다.

재석의 마음을 눈치챈 민성이 콜라를 한 방에 다 마신 뒤 말을 걸었다.

"재석이 너는 은미 이야기를 소설로 쓰고 싶지?"

재석이 머뭇거리며 고개를 끄덕이자 보담이 물었다.

"정말 은미 이야기를 소설로 쓰려고?"

"아니, 뭐 특이한 사건이니까 써 보고 싶어. 내가 본 책에서도 소재가 좋아야 좋은 글이 나온대. 여기 봐."

재석은 소설 창작에 관한 책을 가방에서 꺼내 펼쳐 보여 주었다.

어쩌다 평범한 사람이 낸 소설이나 이야기가 베스트셀러가 되기도 한다. 그 이유는 특정한 소재에 접근할 수 있는 사람이 그들밖에 없기 때문이다. 예를 들어 왕의 사생활을 글로 쓰거나 킬러의 내면을 다룬 소설이라면 재능보다는 특정 소재에 얼마나 가깝게 접근했느냐만 가지고도 화제를 불러일으킬 수 있다.

반대로 일반적이고 누구나 알 수 있는 소재를 대상으로 글을 쓰려면 형식에 치중할 수밖에 없다. 이런 글을 잘 쓰려면 고도로 훈련되고 생각을 많이 해야 하기에 작가는 명석한 두뇌를 가진 사람일 가능성이 높다.

그렇기에 소재가 좋으면 그 이야기는 독자들에게 흥미를 끌며 점수를 따고 들어가게 된다.

"누가 쓴 책이야?"

재석이 수줍게 《소설창작론》의 표지를 보여 주었다. 저자는 다름 아닌 고청강 작가였다.

"하하, 너 이런 책으로 공부하는구나."

"응. 이걸 보니까 내가 대학생을 주인공으로 소설 쓴 게 아주 부끄러워졌어."

재석이 뒤통수를 긁적였다.

"평범한 학생의 이야기보다는 문제아 이야기에 독자들은 관심을 가지고, 부잣집 아이가 성공한 이야기보다는 가난한 아이가 노력해서 성공한 이야기가 흥미로운 것은 인간의 본성이라고 적혀 있었어. 은미 같은 경우는 특이하잖아. 잘 쓰면 아이들에게 게임이 얼마나 위험한지 알려 줄 수도 있고, 좋은 영향을 줄 수도 있을 것 같아. 물론 은미가 협조해 줘야겠지만."

"……."

재석의 말이 끝나자 나머지 세 아이는 잠시 말이 없었다. 보담이 가장 먼저 고백이라도 하듯 힘겹게 입을 열었다.

"사람은 누구나 자기 관점으로 세상을 보는구나. 사실 나는 내 동생이지만 사회복지 쪽으로 보고 있었어."

"그게 무슨 소리니?"

향금이 모르겠다는 듯 물었다.

"은미가 게임에 심하게 중독되었잖아. 나는 저 중독을 어떻게 치료하면 좋을까 그게 걱정이었어."

"아, 중독. 그렇지, 치료 받아야 되는 거 아닐까?"

"내가 얼마 전에 방송 보니까 게임 회사들은 게임중독자들을 치료하는 데에도 돈을 투자한다고 하더라. 그거 한번 알아보자."

네 아이는 누가 뭐랄 것도 없이 동시에 들고 있던 스마트폰으로 검색에 들어갔다.

"오, 있어! 중독 치료 프로그램을 지원하는 게임 회사들이 여럿 있네."

"게임중독을 치료하는 전문 병원도 있어."

아이들은 이것저것 검색을 하며 컴퓨터 게임이 어느새 사회문제가 되었음을 절감했다.

"음, 이거 정말 큰일인데."

재석도 인터넷 서칭을 하면서 문제의 심각성을 느꼈다. 그때 보담이 기사 하나를 찾았다.

"그런데 컴퓨터 회사들은 사회 공헌은 정말 조금밖에 안 하네."

"정말이야?"

"응. 수천억 원씩 벌면서 사회 공헌에는 수억 원밖에 내놓지 않는대."

"어디어디?"

향금이 보담의 폰을 들여다보더니 분개했다.

"뭐 이런 쪼잔한 회사들이 있단 말이야?"

"사실은 나도 은미 이야기를 다큐멘터리로 찍고 싶어. 게임에 빠지게 된 과정과 이번에 큰 사고를 친 거랑 치유하는 과정을 추적하면 대박일 것 같아."

민성이 자신의 욕심을 드러내자 향금이 말했다.

"그럼, 그 다큐멘터리 내레이션은 내가 해야겠다."

"……."

잠시 편의점 안에는 정적이 흘렀다. 재석이 말했다.

"야, 우리 좀 심한 거 아니니?"

"그래. 은미랑 외삼촌은 지금 고통스러운데 우리는 이용할 생각만 하고 있다니."

양심에 걸리는지 보담의 얼굴이 어두웠다. 그러자 민성이 나섰다.

"하지만 이런 문제를 통해서 우리가 알게 되고 배운 것을 아이들에게 알리는 건 좋은 거지. 재석이는 작가가 꿈이고 보담이 너는 나중에 사회복지에 관심을 갖는 변호사가 될 거라며. 이번 일을 공부하고 알게 되면 서로에게 훨씬 도움이 되지."

"하긴 그래."

"그리고 은미는 보담이 동생이잖아. 동생 문제니까 더 신중

하게 관심을 가질 수 있잖아.”

　조심스럽게 향금이 제안했다.

　“은미가 게임중독을 이겨 내도록 우리가 힘을 합쳐 도와주
면 어떨까?”

　“정말 고마운 이야기네. 일단 외삼촌 치료가 일단락된 뒤에
그 문제는 내가 엄마랑 의논해 볼게.”

　“은미는 지금 어디서 지내고 있어?”

　“혼자 놔두면 안 될 것 같아서 엄마가 짐 싸서 데려왔대. 지
금 살고 있는 집도 곧 이사 날짜가 다가와서 옮겨야 하니까.”

　“그래. 은미에게 멘토가 있으면 좋을 것 같아. 보담이 네가
멘토링 좀 해 줘.”

　향금이 다정하게 보담의 어깨를 두드려 주었다. 재석도 한
마디 했다.

　“맞아. 너네 할아버지가 나의 멘토가 되어 주셔서 내가 여
기까지 왔잖아.”

　“알았어. 내가 신경을 좀 더 써 볼게.”

　“나는 우리 반 게임 잘하는 녀석한테 이런 일은 어떻게 해
결하면 좋을지 물어볼게.”

　재석이 머리에 떠올린 건 재현이었다.

　“응, 알아봐 줘.”

거대한 빙산을 향해 돌진하는 작은 배에 함께 탄 느낌으로 네 아이는 의기투합했다.

재석은 집으로 돌아오는 길에 재현에게 문자를 보냈다.

> 재현아, 보담이라고 내 여자 친구가 있는데
> 걔 동생이 게임하다가 현질로 큰돈을 잃었단다.
> 이럴 땐 어떡하면 좋냐?
> 게임중독인 게 백퍼인데
> 아무래도 네가 잘 알 것 같아서 말야.
> 시간 나는 대로 연락 줘라.

문자를 보내고 재석은 엄마네 식당 쪽으로 발길을 돌렸다. 재석의 엄마는 식당이 잘된다는 소문이 나자 주인이 자꾸 월세를 올리겠다고 해서 수심이 깊어지고 있었다. 소문대로 식당 앞에는 저녁때가 지났는데도 줄 서서 기다리는 사람들이 있었다.

"잠시만요, 저 좀 들어갈게요."

알바생과 일하는 아줌마를 두었지만 엄마는 바쁘게 주문을 받고 있었다.

"엄마! 저 왔어요."

"응, 그래. 여기 빈 테이블 좀 정리해 줄래?"

식당은 바쁠 때 고양이 손이라도 빌려야 하는 법이었다. 재석은 재빨리 앞치마를 두르고 소매를 걷어붙였다. 한 시간이 넘게 주문을 받고 음식을 나르고 치우다가 재석은 한숨 돌리며 가게 앞을 비질했다. 길었던 손님들의 줄은 이제 거의 다 끝이 났다.

엄마는 작은 식당을 하다 모은 돈으로 조금 규모가 있는 식당을 인수했다. 처음엔 장사가 잘 안 되다가 어느 날 구수한 입담을 자랑하는 요리전문가 박중원 씨의 골목 상권 살리기 프로그램에 출연하는 바람에 대박이 났다. 비법을 알려 준 퓨전요리가 맛있다고 소문이 나서 유명세를 타게 되었다. 연일 손님들이 맛집이라며 몰려왔다.

비질을 하다 보니 건물 2층으로 올라가는 계단에서 담배를 피우는 사람들이 아래로 꽁초를 버리는 것이 보였다. 엄마의 식당 위층은 PC방이었는데 열악한 환경 때문인지 흡연실을 만들어 놓지 않았다. 그래서 PC방을 이용하는 고등학생들과 손님들이 계단참으로 내려와 담배를 피우다 밑으로 꽁초를 던지는 거였다.

"아저씨! 여기 청소하는 거 안 보여요?"

재석이 참지 못하고 담배 피우는 사람들을 향해 으르렁대듯 외쳤다.

"뭐래?"

자기들끼리 픽픽거리며 들은 척도 하지 않았다.

"아저씨! 담배 피우고 여기다 꽁초 버리지 말라구요! 그 꽁초 지금 내가 쓸고 있잖아요."

"야, 쓰레기통이 없어서 그래."

이십대로 보이는 청년이 불량스럽게 눈을 뜨며 계단을 내려왔다.

"근데 너 몇 살이야?"

다짜고짜 나이부터 물었다. 흔히들 하는 수법이다. 어린 사람을 말로 제압하려면 나이를 묻는 게 최고 아닌가. 그런다고 기죽을 재석이 아니었다.

"담배꽁초 버리지 말라는데 왜 내 나이에 관심을 갖는데?"

재석도 존댓말을 버렸다.

"야, PC방에 흡연실이 없어서 나와서 피우는데 네가 무슨 상관이냐? 엉?"

"담배 연기가 여기까지 자욱하잖아! 간접 흡연이 사람들에게 얼마나 치명적인지 몰라?"

"그럼 네가 이쪽에 안 오면 될 거 아냐? 어린놈이 꼬박꼬박 반말하는 거 봐."

"꽁초를 버리니까 문제 아냐?"

"너네 가게냐?"

"우리 가게다. 어쩔래?"

"어린놈이 진짜 건방지게."

이십대 청년은 보란 듯이 담배꽁초를 바닥에 던지더니 비벼 껐다. 방금 전 재석이 비질을 해 놓아 깨끗한 바닥이었다.

"아이 씨!"

"뭐? 씨? 너 뭐라 그랬어, 지금 어른한테!"

"어른 같은 소리 하고 있네."

재석은 화가 치밀어 올랐다. 엄마네 식당 앞을 담배꽁초로 더럽히고도 뻔뻔스럽게 큰소리치다니, 눌렀던 분노 게이지가 확 올라갔다.

"이 자식이 맞아 봐야 정신 차릴래? 너 내가 누군지 알아?"

사내는 다짜고짜 재석의 멱살을 틀어쥐었다.

"이거 놔라."

"못 놔, 임마! 너 혼 좀 나 봐야 되겠어. 대가리에 피도 안 마른 게 어른한테 이래라저래라에 반말이나 찍찍하고!"

"좋은 말로 할 때 놓으라구!"

"어쭈, 이 자식 눈 안 깔아! 겁대가리를 상실해서……."

그 순간 재석은 사내의 멱살 잡은 팔 안쪽으로 자신의 팔뚝과 어깨를 집어 넣었다. 부실하게 잡은 멱살이 순식간에 풀리며 교복 앞단추가 투둑 떨어져 나갔다. 그와 동시에 재석은 두 손바닥으로 사내의 가슴팍을 치면서 밀어 버렸다.

"헉!"

졸지에 기습을 당한 사내는 뒤로 벌렁 나가떨어졌다. 그 순간 계단에서 지켜보고 있던 뚱뚱한 사내가 곧장 재석에게 달려왔다.

"너 이 새끼! 죽었어!"

날아오는 둔탁한 주먹을 재석은 가볍게 피한 뒤 그대로 몸을 비틀어 사내의 등을 모로 밀어 버렸다.

"어어!"

뚱뚱한 사내는 두 팔을 허우적거리다 제풀에 저만치 나뒹굴었다. 가슴팍을 밀려서 떨어졌던 청년이 일어나 재석에게 주먹을 날렸지만 그런 헛주먹에 맞을 재석이 아니었다. 역시 슬쩍 피하면서 두어 걸음 물러났다. 연장자와 굳이 타격전을 하고 싶지 않았던 것이다.

"이 새끼, 너 죽었어!"

뚱뚱한 사내가 길가의 무가지 진열대를 집어 들고 달려오는 것을 보자 재석은 돌려차기로 사내의 손목을 냅다 걷어찼다. 진열대는 저만치 날아가고 사내는 손목을 부여잡고 주저앉았다.

"아으! 아으!"

PC방에서 게임이나 하면서 시간이나 죽이는 작자들이 싸움판에서 구른 재석의 상대가 될 수는 없었다. 그때, 밖에서 나는 요란한 소리를 듣고 재석의 엄마가 뛰어나왔다.

"아니, 재석아! 너 왜 이러고 있어?"

PC방 주인도 내려왔다.

"아니, 저 사람들이 우리 가게 앞에다가 담배꽁초를 막 버리잖아요."

"저런 건방진 어린놈이!"

두 사내는 기운을 차렸는지 씩씩대며 재석에게 다시 달려들었다. 이번엔 PC방 사장이 막아섰다.

"아유, 손님들 진정하세요."

구경꾼들이 몰려오자 엄마는 재석을 가게 안으로 밀어 넣었다.

"빨리 들어가, 빨리."

재석을 카운터 옆 의자에 앉히고 엄마는 부랴부랴 밖으로 나갔다.

"아유, 죄송합니다, 정말 죄송합니다. 어디 다치신 데는 없으세요?"

"아줌마! 나 손목 부러진 것 같아. 어쩔 거야?"

"죄송합니다. 병원에 다녀오시면 제가 보상해 드릴게요."

그 말은 들은 재석이 다시 뛰쳐나갔다.

"보상은 무슨 보상! 저 사람들이 먼저 치고 먼저 먹살 잡았단 말야!"

몇 번 마주친 적이 있던 PC방 주인이 재석을 보면서 인상을 썼다.

"어린 학생이 왜 건방지게 어른들한테 훈계질이냐?"

재석은 PC방 주인에게도 도끼눈을 떴다.

"아저씨! PC방을 하시려면 흡연실을 만들어 놓고 하세요. 남의 가게에 피해 주지 마시고요."

"뭐? 남의 영업에 네가 웬 참견이야?"

"PC방에 흡연실 안 만들어 놓으니까 사람들이 밖에 나와 담배를 피우고, 꽁초를 우리 가게 앞에 버리잖아요."

"재석아! 조용히 못하니?"

엄마가 재석이를 다시 가게로 떠밀었다. PC방 주인이 재석이 엄마에게 말했다.

"아니 사장님, 우리 PC방에 흡연실이 없다고 아드님한테 이런 소리까지 제가 들어야 됩니까?"

"아유, 죄송합니다. 우리 애가 아직 철이 없어서 그래요. 제가 잘 타이를게요. 손님들은 혹시 다치신 곳 있으면 연락 주세요. 제가 치료비라도 드릴게요."

재석은 이러다 엄마가 덤터기를 쓸까 걱정되었다. 자세를 낮추면 함께 고개를 숙이는 게 아니라 오히려 밟고 올라서려는 세상이기 때문이다. 밖을 향해 고개를 내밀고 외쳤다.

"누가 먼저 잘못했는지 CCTV 확인해 보면 알 거야."

재석이 가리킨 곳에는 구청에서 설치한 CCTV가 높이 매달려 있었다. 그걸 보자 서슬이 퍼렇게 난리를 치던 사내들이 슬슬 꼬리를 내리기 시작했다.

"야야, 재수 없다. 가자, 가."

그냥 가긴 억울했는지 사내들은 큰 소리로 외쳤다.

"너 두고 보자. 나중에 꼭 다시 본다."

사내들이 사라지자 PC방 주인도 뭐 한 것도 없이 옷을 탈탈 털며 계단을 올라갔다. 재석은 그에게도 한마디 해 주고 싶었다.

"사장님도 그래요, 컴퓨터를 한 대라도 더 놓으려고 흡연실을 만들지 않은 거 아닙니까? 하지만 그게 남들에게 피해를 주잖아요."

"저 자식이!"

PC방 주인이 인상을 쓰며 돌아보았다. 그때 엄마가 나섰다.

"재석아! 너 내가 여기서 가게 그만하는 거 보려고 그래?"

재석은 할 수 없이 가게로 들어왔다.

엄마는 PC방 사장을 쫓아가면서 연신 사과하는 눈치였다. 잠시 후 밖이 조용해지자 엄마가 가게로 돌아와 재석에게 물을 한 잔 주며 말했다.

"재석아, 사람은 다 사정이 있는 거야. PC방에 흡연실 못 만든 것도 이유가 있겠지. 우리가 조금 참으면 돼. 어차피 가게 끝나면 청소해야 하는데 왜 그러니?"

"남의 가게 앞에 꽁초를 마구 버리니까 그렇죠. 하루이틀도 아니고."

"세상에는 이런저런 사람이 다 있는 법이야. 그때마다 화내고 싸울 순 없어."

"아, 모르겠어요!"

재석은 가방을 들고 가게를 나왔다. 집으로 가는 내내 요즘 잘 써지지 않는 글 때문에 화가 쌓여 있어서 이렇게 터진 건가 곰곰이 되돌아보았다. 이것도 크게 보면 게임이 문제였다. PC방에서 게임하다가 스트레스 받는다고 나와서 담배를 피운 것이 아닌가.

"에잇! 게임하는 인간들 다 없어졌으면 좋겠어!"

허공에 대고 꽥 고함을 한 번 질러 보는 재석이었다.

게임에 대하여

　카페에서 재석과 보담은 이어폰을 하나씩 나눠 끼고 태블릿에 저장한 영화를 보고 있었다. 영화 제목은 〈레디 플레이어 원〉. 스티븐 스필버그 감독이 만든 게임 관련 영화였다.

　재석은 시험도 끝나고 모처럼 보담과 만나 함께 데이트하면서 이 영화를 보기로 했다. 보담은 게임이 도대체 얼마나 중독성이 있기에 아이들이 이렇게 빠지는가 궁금해서였고, 재석은 작품을 쓰는 데 조금이라도 많은 정보가 필요했기 때문이었다.

　〈레디 플레이어 원〉은 오아시스라는 가상 게임 공간을 배

경으로 하고 있었다. IOI라는 회사에서 웨이드 와츠라는 소년
이 친구들을 구해 낸다는 뻔한 스토리였지만 스티븐 스필버
그 감독의 영화답게 환상과 모험과 판타지에 대한 기대를 충
족시켜 줬다. 오아시스를 개발한 천재 제임스 도노반 할리데
이가 숨겨 둔 세 가지의 이스터 에그(부활절 달걀)를 찾으면 미
션이 완료되고, 오아시스에 대한 소유권과 어마어마한 부를
얻는다는 환상적인 설정이었다.

"와아, 이 게임 나 옛날에 해 본 거야."

영화에는 게임과 다른 영화 속 캐릭터들이 총출동한 것 같
았다. 킹콩, 로보캅, 닌자 거북, 사탄의 인형인 처키에 건담까
지. 한마디로 1980년대라는 시간이 녹아 있는 타임캡슐을 연
것 같은 느낌이었다.

"그렇지? 난 저 영화 본 거 같아. 〈백 투 더 퓨처〉!"

"맞아."

영화를 다 보고 난 뒤 둘은 서로의 생각을 말했다.

"스필버그가 옛날 대중문화를 되살리고 싶었나 봐."

"아니야. 내가 볼 때는 이 영화에 스필버그 감독의 메시지
가 숨어 있어."

"그게 뭔데?"

"게임이 삶을 즐겁게 할 수는 있지만 절제해야 한다는 이야

기를 하고 싶었던 게 아닐까?"

"절제?"

"응. 마지막 장면에서 일주일 가운데 하루는 오아시스 문을 닫는다고 나오잖아."

"그럴 수도 있겠다. 그렇지만 나머지 날은 게임을 실컷 즐기라는 거잖아."

"그래."

"어쨌든 게임을 일부 세력이 독점하면서 돈을 벌고 부자가 되겠다는 욕심을 부추겨 즐겁던 게임이 노동으로 변질됐지. 모든 사람이 중독되어서 중노동을 하게 된 거야. 영화는 유쾌하고 재밌지만, 메시지가 약간 무서운 것 같아."

"미래에 모든 사람이 게임에 중독되어 어느 게 진짜 삶이고 게임인지 모를까 무서워."

두 아이는 게임의 심각성과 위험에 대해서 이야기를 나누며 코코아를 마셨다.

"나 이제 외삼촌 병원에 가 보려고."

태블릿을 집어 넣고 주변을 정리하더니 보담이 말했다.

"외삼촌은 어떠셔?"

"지금 일반실로 옮기셨어. 충격에서 벗어나셔서 조금씩 재활훈련을 하시는데 마음의 상처가 너무 크신 것 같아."

"마음의 상처?"

"그래. 은미를 위해 멀리 떨어져서 고생하며 돈을 벌었는데 정작 은미가 더 어긋나니까 어찌할 줄 모르시겠나 봐. 내가 시간 날 때마다 가서 위로해 드리는 중이야."

"말씀은 잘하셔?"

"응. 원래 워낙 말이 없으셔서 선천적으로 과묵한 줄 알았거든?"

"그랬는데?"

"그동안 가슴속에 담아 두고 삭히셨던 걸 털어 내시는데 얘기가 끝이 없어."

"그랬구나."

"아마 내가 은미랑 비슷한 또래라서 그러신 것 같아. 사실 이야기 들어 드리러 가는 거야."

"너 공부할 시간도 없잖아?"

보담이 예쁘게 웃었다.

"시간이 왜 없어? 얼마든지 있어."

"어떻게?"

"외삼촌 이야기 듣는 것도 인생 공부가 돼. 가끔 외삼촌이 공부하는 법이라든가 학습태도 이런 거에 대해서도 말씀해 주시거든."

"그래? 나도 한번 따라가고 싶은데 괜찮을까?"

"그럼 같이 갈래? 저번에는 삼촌이 너무 경황이 없었잖아. 이번에 가면 이야기도 좀 나눌 수 있을 거야."

"같이 가도 되겠어?"

"안 될 것도 없지 뭐."

재석은 얼른 짐을 챙겨 보담을 따라나섰다.

"지난번에 얘기했던 우리 반 재현이 있잖아."

재석은 병원으로 가면서 재현의 이야기를 꺼냈다.

"재현이는 게임중독을 벗어나서 지금은 게임 회사의 인턴으로 활동하고 있어. 앞으로 게임 개발자나 평론가가 되겠다고 공부 중이지."

"그렇구나. 좋은 진로를 잡았네."

"걔한테 은미 일을 물어봤어. 내가 어떻게 도우면 좋을지 잘 몰라서."

"정말? 뭐라고 해?"

"자기가 좀 알아보겠대. 인턴으로 다니는 회사에 게임중독 관련 센터가 있다나 뭐라나."

"그래? 나중에 이야기 들으면 나한테도 알려 줘."

"그럴게."

병원에 도착하여 둘은 병실로 올라갔다. 보담의 외삼촌은 침대에 앉아서 책을 읽고 있었다.

"외삼촌, 저 왔어요."

"응, 그래. 보담이 왔구나."

외삼촌은 팔과 다리에 기브스를 하고 있었다. 재석도 인사를 했다.

"안녕하세요? 저는 보담이 친구 황재석입니다."

"오, 그래. 저번에 봤지? 보담에게 네 얘기 많이 들었다. 잘생긴 청년이구나."

그 말에 재석의 얼굴이 붉어지자 보담이 웃었다.

"재석이 너, 외삼촌이 잘생겼다고 하셔서 부끄러운 거야?"

"아, 아니야."

"호호호!"

잠시 웃고 나서 보담이 물었다.

"은미는 어디 있어요?"

"아까 집으로 갔어."

"아, 네."

은미는 여전히 보담의 집에서 머무르고 있었다. 혼자 있으면 끼니도 거르고 게임만 할 것 같아 보담의 엄마가 간단한 소지품을 챙겨 데려온 상태였다. 말을 꺼내 이야기하진 않았지만 거기 있는 세 사람은 은미가 다시 게임을 하는 게 아닌가 하는 걱정을 마음속에 품고 있었다.

"팔하고 다리는 왜 다치셨어요?"

궁금증을 견디다 못해 재석이 물었다.

"내가 공사장 계단 입구에서 공사 감독을 하고 있었거든."

"그런데요?"

"그런데 은미가 전화해서 통장에 돈이 없다고 얘기하는 순간 너무 충격을 받아서 정신을 잠시 잃었어."

"그, 그러면……."

"계단 아래로 떨어졌단다. 깨어나 보니까 이렇게 팔다리가 부러져 있네. 재수 없으면 뒤로 넘어져도 코가 깨진다더니 그 말이 맞는 것 같다."

"참 불편하시겠어요. 저도 부러진 적이 있어 알거든요."

"할 수 없지 뭐. 이참에 쉬어 가라는 뜻이라고 생각한단다."

쓸쓸하게 웃는 외삼촌의 얼굴에 고독함이 묻어났다.

"그래, 재석이도 공부를 잘하는 친구인가?"

"아, 아닙니다. 공부는 잘 못합니다."

재석은 뜨끔해서 대답했다. 서울대학교 건축과를 수석으로 들어간 영재라는 말을 이미 들었던 터라, 공부를 못한다고 말하는 게 마치 죄라도 되는 듯 주눅이 들었다.

"그래? 공부가 절대적으로 중요한 건 아니야. 공부를 못하더라도 다른 방면에서 얼마든지 기회가 많이 있으니까."

"저는 작가가 되고 싶습니다."

"작가? 그거 좋지. 내 친구 중에도 유명 작가가 있는데…….
사는 게 바빠서 서로 연락도 못하고 지내지만 말이야."

재석과 보담은 외삼촌에게 이러저러한 이야기를 들었다.
은미 아빠는 천생 모범생이었다. 집안을 일으켜야 된다는 사
명감으로 초등학교 때부터 1등을 놓치지 않았다고 했다.

"외삼촌은 너무 안 풀렸다고 우리 할아버지께서 늘 말씀하
세요."

부라퀴가 무슨 말을 했나 재석도 궁금해졌다.

"그리고 또 할아버지는 외삼촌이 사업 말고 공무원이나 정
치인이 되셨어야 한다고 말씀하세요."

"하하. 사돈어른이 내 성격을 잘 보셨구나. 그런데 말이다,
보담아."

"네."

"개인의 운수는 국운에 막힌다는 말이 있어."

"그게 무슨 말씀이세요?"

"나라가 어려우면 개인의 노력이 다 묻힌다는 뜻이란다."

외삼촌은 IMF 시절 크게 운이 꺾였다. IMF 때 사업이 모두
망했고 그 사업을 추슬러 간신히 정신을 차릴 만했을 때 다

시 미국 발 금융 위기가 온 거였다.

외삼촌은 잠시 쉬었다가 말을 이어갔다.

"죽기 살기로 노력했지만 나라가 이렇게 흔들리니 살아남기가 힘들더구나. 내가 너무 고생을 시켜서인지 너희 외숙모도 병으로 죽었고. 이제 마지막 남은 희망은 은미라도 정신을 차리고 잘 살았으면 하는 것뿐이다."

외삼촌의 말을 들으며 재석은 부모들이 어떤 심정인지를 조금은 알 것 같았다.

"보담이가 있어서 그래도 다행이야. 은미가 마음잡기 힘들어하는데, 그나마 보담이와는 얘기를 잘하는 편이거든. 재석이도 바쁘겠지만 은미와 얘기도 나누고 도와주었으면 고맙겠어."

외삼촌은 재석과 보담이의 손을 잡고 진심을 다해 말했다.

"보담아, 사람이 별 어려움 없이 평생을 산다는 건 참 복인 것 같아."

병원을 나와 보담을 집에 데려다주며 재석이 쓸쓸하게 말했다.

"응. 나도 그렇게 생각해. 노력한다고 다 되는 건 아니야. 은미도 어렸을 때는 공부 잘하고 참 올바른 아이였거든. 그런데 집안에 여러 일들이 생기고 상황이 어려워지면서 애가 많이 변했어."

"그렇구나. 그치만 또 누구에게나 아픔은 있잖아. 다 한때의 어려움은 있는 거지, 뭐."

"맞아. 나도 주변에서 공부 잘하고 예쁘다는 칭찬을 많이 듣지만, 그것 때문에 오히려 강박관념이 생기는 것 같아. 부모님이나 할아버지 실망시켜 드리지 않아야 되고 꿈을 향해서 잠시도 시간 낭비하면 안 될 것 같고."

그 말을 듣자 재석은 갑자기 자신이 보담에게 방해가 되는 것 같았다.

"보담아, 미안하다. 내가 네 시간 많이 뺏지?"

"아니야, 재석아. 네가 있기 때문에 내가 더 용기가 나. 고마워."

"고맙긴, 내가 고맙지."

"너도 좋은 소설 많이 써. 나 그만 갈게."

"응. 잘 가."

해가 기울어 갈 무렵 재석은 보담을 보내고 버스를 기다리며 정류장에 서 있었다.

그때 재현의 문자가 왔다.

재석아, 어디야?
나 지금 판교에 왔는데
너 혹시 시간 나면
우리 회사 구경하러 올래?

재현은 레드홀을 '우리 회사'라고 했다. 재석은 바로 전화를 걸었다.

"재현아, 나 갈 수 있어. 지금 강남이야."

"그럼 바로 올 수 있겠네?"

"응, 그래? 언제까지 있어?"

"내일까지. 오늘 여기서 1박 2일로 밤새워."

"그래?"

"그리고 네가 물어본 거 우리 회사의 중독관리센터장님한테 말씀드렸어."

"중독관리센터?"

재현이 다니는 게임 회사는 중독관리센터를 운영했다.

"응. 게임중독자를 치료도 하고 예방도 하는 그런 곳이야."

"우와, 멋지다. 니네 회사에 그런 것도 있어?"

어느새 재석도 재현의 회사라고 말하고 있었다.

"응, 센터장님한테 이야기했더니 너 한번 와 보래. 궁금한 게 뭔지 그거에 대답해 주신대."

"그래, 알았어. 내가 지금 금방 갈게."

"우리 회사 약도 톡으로 쏴 줄게."

통화를 마치자 바로 약도가 문자로 왔다. 엄마 식당에 가서 일을 좀 도와주어야 될까 생각했지만 담배꽁초 사건으로 PC방 사장과 갈등을 벌인 뒤 재석은 식당에 별로 가고 싶지 않았다.

엄마도 재석이 식당 일보다는 글 쓰고 꿈을 향해 나아가는 것에 더욱 신경을 쓰라고 했다. 그러던 차에 재현이 부른 것이다. 이럴 때 같이할 단짝이 있었다. 재석은 민성에게 문자를 넣었다.

> 뭐해? 나 재현이네 회사
> 판교 레드홀 갈 예정.
> 너도 갈래?

> 나 지금 장비 청소 중.
> 당장 뛰어갈게.
> 판교는 우리 집에서
> 광역버스 타면 바로 감.

민성에게 약도를 복사해서 보내 주고 재석은 부리나케 신분당선 전철에 올랐다. 가는 길 내내 가슴이 설레었다. 말로만 듣던 판교 테크노밸리가 어떤 곳일지 궁금했다.

판교 테크노밸리는 첨단 융합 기술과 국가 성장 동력을 육성하기 위해 판교에 세워진 기술단지다. IT 관련 연구와 개발, 산업과 학문의 공동연구가 이루어진다. 한마디로 이 안에서 각종 벤처기업이 생겨나고 첨단 IT 기술이 개발되어 우리나라 경제 발전에 이바지한다. 물론 게임 회사들도 많이 들어와 있다.

판교에 도착한 재석은 건물들의 숲에 압도당했다.

"와, 이건 완전히 외국 같잖아!"

재현이 알려 준 건물 앞으로 가서 전화를 걸었다.

"나 도착했어."

"응. 센터장님이 말씀해 놨다니까 1층 출입구에서 중독센터장님 만나러 온 황재석이라고 하면 돼."

"민성이도 오기로 했어. 괜찮지? 녀석이 요즘 게임에 관한 다큐를 찍거든."

"그럼, 괜찮아."

"오케이, 민성이도 곧 도착하니까 만나서 같이 들어갈게."

"알았어."

재석은 민성이 15분 뒤에 도착한다는 문자를 확인하고 해가 뉘엿뉘엿 넘어가는 판교 시가지의 경치를 감상했다. 유리로 된 건물들이 즐비한 거리엔 소나무 같은 우리 고유의 나무들이 자라고 있었다. 마치 공원 안에 도시가 들어온 듯했다. 대로 옆 넓은 인도에서는 벤치마다 젊은 직장인들이 삼삼오오 모여 커피를 마시거나 이야기를 나누고 있었다. 그들의 목에는 하나같이 어느 회사의 직원임을 증명하는 신분증이 걸려 있었다.

'와, 모두들 멋지구나.'

요즘 같은 실업 시대에 직장을 다닌다는 건 큰 성취가 되어 버렸다. 그것도 판교의 벤처나 IT 업종의 대기업에 취직을 했다는 건 부러움의 대상이다.

재석은 작가를 꿈꾸는 자신의 진로를 생각해 보았다. 글 쓰는 직업은 돈을 못 벌고 가난하게 산다는 게 일반적인 개념이었다. 그런 말을 들을 때마다 재석은 짜증이 났다. 성실히 글을 쓰고, 책을 읽고 관심 있는 분야를 깊이 생각해 독자들에게 감동을 주는 일이 왜 경제적인 기준으로 판단되어 기피하는 직업이 되었나 싶어 속상했다. 좋아하는 일을 하면서 부유하게 살 수는 없단 말인가. 돈 많이 벌려면 장사나 사업을 해야 한다고 말하는 친구도 있었다.

그때 희망을 주는 이야기가 떠올랐다. 어느 오디션 프로그램에서였다. 평생 노래만 하겠다며 통기타를 메고 온 가수 지망생에게 유명한 프로듀서가 물었다.

"곡을 쓰고 노래하는 일은 돈이 되지 않는데 괜찮아요?"

"네. 저는 죽을 때까지 이렇게 노래 만들고 부르는 일을 할 거예요."

"가난하게 살아도 좋다는 거죠?"

"네. 저는 돈 벌려고 노래하는 게 아니고, 사람의 마음을 벌려고 해요."

그때 재석은 그 말에 큰 깨우침을 얻었다. 글을 쓰는 건 돈을 벌려는 것이 아니라 사람들에게 자신의 생각을 알리기 위한 것이고, 좋아하는 것을 하기 위해서는 대가를 지불할 각오를 해야 한다는 거였다.

"재석아!"

저만치에서 민성이 재석을 부르며 달려왔다. 방금 지나간 광역버스에서 내린 모양이었다.

"어서 가자. 너 기다리고 있었어."

"주말이라 차가 좀 막혔어."

둘은 잰걸음으로 재현의 회사에 들어갔다.

"무슨 일로 오셨습니까?"

첨단장비로 무장한 경비원이 물었다.

"저는 황재석이라고 하는 학생인데요, 중독센터장님 만나러 왔습니다."

"잠깐만요."

모니터를 쳐다보더니 경비원이 고개를 끄덕였다.

"아, 중독센터장님과 면담이 잡혀 있군요. 잠시만 기다리세요. 전화 걸어 드릴게요."

경비원이 중독센터장에게 전화를 걸자 잠시 후 재현이 달려 내려왔다.

"왔구나. 이리 와."

"어."

스크린도어를 열고 재석과 민성을 데리고 들어가는 재현이 다시 보였다.

"와, 너 멋있다."

목에 건 인턴이라고 쓰여 있는 이름표를 보고 재석이 감탄했다.

"진짜 직원 같아."

"하하, 직원은 아니고 인턴이야, 인턴. 올라가자. 우리 지금 1박 2일 캠프해. 구경시켜 줄게. 참, 너희 밥은 먹었니?"

"아니."

"빨리 와. 도시락 있어."

아이들이 올라간 8층에는 커다란 홀이 있었다. 거기에서는 수십 명의 남녀 고등학생들이 모여 팀별로 노트북을 켜 놓고 심각하게 토론을 했다. 보기만 해도 입이 딱 벌어졌다.

"와, 너희 뭐하는 거니? 이거 찍어도 되는 거야?"

민성이 본능적으로 카메라를 꺼내다가 조심스럽게 물었다.

"우린 스토리 개발팀이야. 오늘은 자기가 읽었던 영화나 드라마 중에서 재밌었던 장면들 가지고 어떻게 게임을 만들까 스토리를 논의하는 중이야. 그리고 여기는 찍어도 되지만 아마 다른 곳은 허락을 받아야 할 거야."

"그렇구나."

"여기 도시락 있어. 이거 하나씩 먹어."

재현이 커다란 냉장고 안에 그득 들어 있는 도시락 가운데 두 개를 꺼내 와 물과 함께 내밀었다.

"너희는 안 먹어?"

"각자 알아서 먹으면 돼. 우리 팀은 다 먹었어."

"식사시간 따로 있는 거 아니야?"

"하하하!"

재현이 잠시 웃더니 말했다.

"재석아, 시간을 정해 놓고 일률적으로 하는 거는 창의성이 생기지 않아. 우리 회사는 배고프면 냉장고에서 자유롭게 도시락을 꺼내 먹도록 하고 있어."

재석은 안 그래도 배가 고파 도시락을 까서 우걱우걱 먹으면서 속으로 부러움이 샘솟았다. 홀 이곳저곳에서는 아이들이 자유롭게 앉거나 기대어서 이야기를 나누고 뭔가를 함께 고민하는 것이 보였다.

"조금 있으면 중독센터장님이 내려오실 거야."

재석과 민성이 허겁지겁 도시락을 먹고 물을 마시는데 저만치에서 두꺼운 안경을 쓴 중년의 사내가 다가왔다.

"네가 재석이구나."

"네."

"우리 재현이가 얼마나 네 얘길 하던지. 그런데 너는 게임은 잘 안 한다고?"

"예, 저는 소설을 씁니다."

"재현이한테 들었다. 그나저나 뭐가 문제야? 한번 이야길 들어 볼까? 아, 먼저 우리 회사 투어를 해 보겠니?"

"투어요?"

"응. 안내할 직원을 보낼 테니 한 바퀴 돌아보고 내 방으로 와. 우리 중독센터에서 이야기를 나누자."

"네."

잠시 후 늘씬한 키에 굉장한 미모의 젊은 여자가 다가왔다. 본능적으로 재석과 민성은 눈이 휘둥그레졌다.

"안녕하세요? 여러분을 안내할 레드홀 홍보팀의 이진주라고 해요."

"아, 네. 저는 황재석입니다."

"저는 김민성이에요. 헤헤."

민성은 좋아서 싱글벙글이었다.

"이제부터 저희 회사 안내를 할게요. 참 사진을 찍는 것은 안 되고요, 총 소요시간은 약 20분입니다."

이진주 씨의 안내로 두 아이는 게임 개발실이라든가 실제 시뮬레이션을 해 보는 곳, VR 체험하는 방 등 다양한 곳을 살펴보았다. 더욱 흥미로운 것은 층별로 이동하는 곳에 계단이 아니라 미끄럼틀이 있다는 점이었다.

"이 미끄럼틀은 뭐예요?"

"네, 다른 층으로 가고 싶을 때 이걸 타고 내려가면 금방 도착합니다."

"어른들이 이런 걸 탄다고요?"

"어른들도 재밌어 해요. 저 줄은 타잔줄이랍니다."

이진주 씨가 가리킨 곳에는 굵은 밧줄이 천장에서부터 늘

어뜨려져 있었다.

"타잔줄은 뭐예요?"

"이 사무실과 저 사무실 사이에 복도가 있잖아요."

"네."

"줄 타고 획 건너가면 됩니다."

"타잔처럼요?"

"네."

"많이 이용해요?"

"아니요, 하지만 가끔 학생들이 오면 이용하지요."

보면 볼수록 신기했다. 게임 회사가 이런 곳인 줄은 미처 몰랐다.

흥미진진했던 투어를 마치고 중독센터장의 사무실로 들어가자 센터장은 대여섯 대의 모니터에 둘러싸여 이것저것 들여다보고 있다가 반겨 주었다.

"어서들 와. 재현이가 친구에게 문제가 생겼다고 하는데, 아무래도 직접 듣는 게 좋을 것 같아 이렇게 오라고 그랬어."

"감사합니다. 토요일인데도 일하시네요?"

"게임 개발에 토요일이 어디 있어? 아이디어가 떠오르면 즉시즉시 달려오지. 이건 내 침대야."

옆에는 정말 접이식 침대가 있었다. 또 책상 위에는 조그만 무선 포트까지 있었다.

"여기서 라면도 끓여 먹지."

"와, 재밌겠어요."

"하하하. 그래 보여? 자, 그나저나 어떤 문제야? 친구 하나가 게임에 중독됐다고?"

"네. 제가 청소년들의 고민을 소재로 소설을 쓰려다 보니까 게임이 가장 큰 문제더라구요. 제 친구의 사촌동생이 있는데……."

재석은 은미 이야기를 했다. 다 듣고 센터장이 말했다.

"우리 게임 회사들도 학생들이 게임에 중독되는 것은 옳지 않다고 생각해서 막으려고 애쓰고 있어. 우리나라에만 셧다운 제도가 있잖니. 그런 게 대표적인 거지."

셧다운 제도는 일정 시간이 되면 성인 인증을 해야 하고, 인증을 못하면 게임을 더 할 수 없도록 컴퓨터가 꺼지는 제도였다.

"전 세계에 우리나라밖에 없는 제도인데 사실은……."

"어른 아이디로 애들이 다 해요."

민성이 끼어들었다.

"맞아. 우리도 알고 있어. 그래서 근본적인 문제, 중독을 막아야 되는데 이게 참 어려운 문제야. 우리가 게임을 만들면서 또 중독을 막아야 된다는 게 어찌 보면 동전의 양면과 같은 거지."

"그러게요. 마치 병 주고 약 주는 것 같잖아요."

"그래. 하지만 사실 개개인이 게임을 너무 심하게 해서 중독되는 것까지 다 책임질 순 없잖니. 고기를 먹으면 기운이 생기지만, 지나치게 먹으면 지방이 쌓여서 고도비만이 되는 것과 똑같아. 얼마나 먹을지에 대한 선택과 결정은 식사를 하는 개인이 하는 것처럼 게임도 각자 스스로 절제할 수 있어야 되는데 그게 안 되고 있지. 은미라는 학생은 우리 중독관리센터에서 상담할 수 있도록 내가 조처해 줄게."

"감사합니다. 은미랑 얘기해 볼게요. 그런데 돈을 날린 건 조금이라도 찾을 방법이 없을까요?"

"안타깝지만, 그거는 이미 지불된 거라서 어떻게 할 수가 없네."

"아, 그렇군요."

허무했다. 사이버에서 벌어지는 거래라는 게 다 이 모양이었다.

"자네가 글을 쓴다고 하니까 말인데, 이건 정말 어려운 문제야. 자칫하면 편향된 글을 쓸 수도 있으니까 깊이 공부해서 잘 써 주었으면 해. 게임에는 부정적인 면만 있는 게 아니라

긍정적인 면도 분명히 있으니까."

게임은 이미 국가 기간산업이다. 한국의 게임은 전 세계에서 큰 인기를 얻고 있었다. 세계 곳곳의 수많은 게임 마니아들이 우리나라를 성지로 알고 방문한다는 것은 익히 알려진 사실이었다.

"결국은 중용이 중요하지."

"중용이요?"

"게임에 너무 치우쳐도 안 되지만 너무 부정적으로만 보지도 않는 것, 그게 삶의 중심을 잡는 길인 것 같아. 인간은 누구나 그러한 중용의 도를 찾으려고 애쓰고 있지. 나 같은 경우에도 이렇게 토요일에 가족들을 놔두고 출근하지만 내일은 집에 반드시 있어야 돼. 가정과 직장 어느 쪽도 소홀하지 않도록 중심을 잡는 게 나의 인생이라면 학생들도 공부와 게임 사이에서 중심을 잡아야 되겠지."

"아, 그렇군요. 중용."

이곳에 와서 얻은 소득은 생각보다 컸다. 한국의 실리콘밸리라는 판교를 구경했고, 게임 회사에 중독관리센터가 있다는 것을 알았고, 그리고 은미를 중독관리센터에 데려올 기회를 잡은 것이다. 이야기를 다 나누고 재석과 민성은 센터장의 방을 나왔다.

"감사합니다. 도움이 많이 되었습니다."

"도움이 되었다니 기쁘군."

작별인사를 한 뒤 두 아이는 아까 재현이 캠핑을 한다는 홀로 내려갔다. 게임 개발에 몰두해 있는 재현을 멀리서 보고 재석은 문자 하나를 남겼다.

회사 구경 잘했다.
바쁜 것 같아서 그냥 간다.

집으로 돌아오는 길 내내 재석은 센터장이 말했던 '중용'을 떠올리며 은미가 중심을 잡지 못한 게 새삼 안타까웠다.

"야, 고딩들은 머리 크고 단순무식할 시기니까 게임에 쉽게 빠진다 쳐도 은미는 중딩이 너무 크게 사고 친 거 아니냐?"

민성도 그런 생각을 했는지 재석에게 맞장구쳤다.

"그래. 중딩들이 더 무서워. 그런데 중용은 어른들도 하기 힘들걸? 내가 찍는 영상도 그렇고."

"영상은 또 왜?"

"영상을 찍다 보면 이것저것 다 담고 싶고, 편집하다 보면 버릴 게 없는 것 같은데 그러면 투머치야. 그렇다고 또 많이 잘라 내고 내레이션으로 때우면 볼 게 너무 없어서 지겨워지고 맹탕이 되는 거야. 이러니 적당하게 중용을 취해서 작품을 만드는 게 쉬운 일이 아니란 말이지."

"그래. 글도 그런 것 같아. 너무 묘사만 해도 지겹고, 너무 설명만 해도 지겹고, 너무 대화 위주여도 지겹고, 너무 사건 위주여도 지겹고."

"그러니까 엄마들이 요리할 때 감으로 하는 게 예술이야. 고춧가루, 설탕, 소금, 간장, 다 감으로 넣는데 맛은 기가 막히잖아."

"하긴. 그렇게 되려면 많이 해 봐야지. 아, 그래. 중용은 수많은 시행착오 가운데서 얻어걸린 묘한 줄타기인지도 몰라."

재석의 말에 민성은 고개를 끄덕였다.

"그 말 멋지다. 그나저나 은미가 이런 이야기를 들어야 하는데."

"맞아."

어떻게 해서든 은미를 게임 회사에 데리고 와야겠다는 생각이 들었다. 게임을 만드는 사람들의 뒷모습을 보면 은미도 뭔가 새로운 것을 느낄 듯했다. 재석은 중용이라는 말을 떨칠 수가 없었다. PC방 담배꽁초 사건도 자신이 중용을 잃어버려 벌어진 일이라는 생각이 들었다.

'그래. 중용은 어느 한쪽으로 넘어가지 않는 인내심인지도 몰라.'

재석이 골똘하게 머리를 굴릴 때 민성은 주머니에서 꺼낸 뭔가를 보며 좋아했다.

"뭐하냐?"

"아냐, 아무것도."

"뭐냐니까?"

재석이 재빨리 민성의 손에 든 물건을 가로챘다.

"야! 내놔!"

"뭐야? 어디 보자."

재석이 어둠 속에서 손에 든 물건을 밝은 곳으로 가져갔다. 그것은 명함이었다.

"뭐야? 홍보팀 인턴사원 이진주?"

환하게 웃는 얼굴 사진도 새겨져 있었다.

"야! 내놓으라니까."

민성이 재석의 손에서 명함을 빼앗아 소중히 품에 품으며 씩 웃었다.

"너 이거 언제 얻었어?"

"아까 화장실 가다가 만나서 명함 좀 달라고 했어. 히히. 진주 누나 정말 예쁘지 않냐?"

"민성이, 너 정말!"

"헤헤! 나 먼저 간다! 월요일 학교에서 보자."

민성은 버스가 오자 달려가 타고 떠났다.

"녀석, 풋!"

사라진 은미

　재석은 머리를 쥐어뜯었다. 은미와 재현이의 이야기로 소설을 엮어 보려 했지만 며칠 동안 얼마 쓰지 못한 채 생각이 콱 막혔다.

　소설 내용은 은미가 게임을 통해 재현을 만나 사귀게 되지만 나중엔 게임에 너무 빠지면서 재현의 마음을 놓치게 된다는 것이었다. 사람과 사람의 소통은 단순히 좋아하는 것의 공유가 아니라 직접 얼굴을 맞대고 대화하며 접촉하는 것이라는 메시지를 주고 싶었다.

　분명히 잘 쓸 수 있는 주제라고 생각했는데 막상 어떻게 사건을 꾸며야 할지, 주인공들을 어떤 사건으로 어떻게 성장시켜야 할지 알 수가 없었다.

'아, 미치겠어. 하나도 모르겠어.'

재석이 안다고 생각한 건 아는 것이 아니었다. 아니, 세상에 재석이 제대로 알고 있는 것은 하나도 없는지도 모른다는 생각이 불현듯 들었다.

'아, 돌겠네. 이렇게 무식해서야 어떻게 작가가 되겠어?'

길게 한숨을 내쉬며 공부방 창문을 열고 밖을 내다보았다. 저 멀리 깊은 밤을 향해 달려가고 있는 시내의 야경만 처연하게 반짝였다. 그 불빛 아래 있는 사람들은 과연 어떤 생각을 하며 살아가는 걸까. 그들도 재석처럼 고뇌에 빠져 사는지 궁금했다.

그때였다. 재석의 스마트폰 벨이 울렸다. 놀랍게도 고청강 작가였다. 재석은 황급히 통화버튼을 눌렀다.

"앗, 작가님?"

"그래, 재석이 잘 지내냐?"

"네, 작가님. 그런데 어쩐 일로 전화를 다……."

"이 녀석, 어른이 전화를 하면 인사부터 해야지."

"아, 안녕하세요? 너무 놀라서 정신이 없었어요."

"허허, 놀랄 거 뭐 있어? 네가 소설 쓴다고 해서 어떻게 하고 있나 궁금해 전화해 봤다."

"작가님, 안 그래도 지금 너무 괴로워요."

"뭐가 또?"

"소설이 진도가 안 나가요. 잘 안 써져요. 너무 괴로워요."

"내가 너무 세게 지적했나 보구나. 미안해서 어쩌지?"

"아니, 그게 아니고요. 작가님 조언대로 제 주변의 이야기
를 하려고 게임하는 주인공에 대해 쓰고 있어요. 중학생 여자
애가 현질하다가 큰돈을 잃어버리는 내용이거든요."

"그래서?"

"자신 있었는데, 막상 시작하니까 막막해요."

"하하하, 이 녀석. 내가 전화하길 잘했구나."

"제가 이렇게 힘든 거 어떻게 알고 전화하셨어요?"

"사실은 오늘 저녁에 동창회 모임이 있었는데 거기서 김태
호 선생을 봤어."

"아, 그러셨어요?"

"그래, 그런데 재석이 네 얘기를 많이 하더라. 김태호 선생
이 널 아주 사랑해."

"감사합니다."

"김 선생이 재석이가 글 쓰느라고 애쓰는 것 같다고 격려
전화 한번 해 주라고 해서 집에 돌아와서 이렇게 전화하는

거란다.”

재석은 울컥했다. 쿨하고 시크한 김태호 선생이 이렇게까지 자신을 생각하고 배려해 주는 줄은 꿈에도 몰랐다.

“아, 선생님. 영광입니다.”

재석은 허공에 대고 허리를 굽신굽신 인사를 올렸다.

“그래, 아는 걸 쓰는데도 힘들지?”

“네, 미치겠어요. 어떻게 작가들이 글을 쓰나 몰라요.”

“네가 왜 힘든지 내가 좀 알려 줄게.”

“정말요?”

“그래. 일단 너는 남자 아니니?”

“맞아요.”

“그런데 네가 중학교 2학년 여자아이를 주인공으로 쓰려니 힘든 거야.”

“네? 그럼 어떻게 해요?”

“이 녀석아, 다 떠 먹여 달라고 하는구나. 스스로 고민하고 연구해야지.”

“선생님, 좀 알려 주세요.”

“넌 여자의 심리와 정서, 그리고 행동거지를 잘 모르잖아. 그러니까 주인공을 남자로 바꿔. 네가 중학교 2학년 때 어땠는지는 기억할 수 있잖아.”

순간 재석의 머리에 중학교 시절이 떠올랐다. 엄마와 단둘이 가난하게 살며 세상에 대해 쌓아 가던 분노와 증오. 그리고 주먹을 휘두르기 시작하던 그 질풍노도. 그거라면 생생하게 얼마든지 쓸 것 같았다.

"아, 뭔가 돌파구가 생길 거 같아요!"

"그래. 어차피 사실에 바탕을 둔 허구가 소설이잖아. 굳이 여중생을 주인공으로 쓸 필요는 없단다."

"아, 작가님. 정말 그렇네요. 주인공 때문에 힘들었던 것 같아요."

"그러면 너는 게임에 대해서 잘 알고 있니?"

"아니요. 사실 게임도 별로 안 좋아해요."

"하하하, 그럴 줄 알았다. 내가 지도해 본 글 쓰는 녀석들은 대개 게임을 좋아하지 않지. 글 쓰는 게 제일 재미있거든. 가장 어려운 도전과제이기도 하고. 그러니 아이들이 게임할 겨를이 없지."

"그런 것 같아요. 글 쓰는 게 저도 정말 재미있어요. 제가 쓰는 글은 바로 제가 만든 세상이고, 마음대로 뜯어고칠 수 있으니까요."

"그래. 그렇게 잘 아는 녀석이 왜 고민하고 그래? 소설은 네가 새로운 세계를 만드는 거야. 게임을 잘 모르면 너만의 게임을 하나 창조해 내. 이름도 짓고 룰도 정하고."

"아, 정말 그래도 되나요?"

"그럼. 가상의 세계잖아. 너만의 우주를 만들어. 작품에서는 조물주가 되는 게 바로 소설가란다. 그 재미에 쓰는 거지. 마음에 안 들면 주인공들을 다 죽여도 돼."

"죽여요?"

"그것도 다 작가 마음이지."

그러면서 고청강 작가는 자신의 이야기를 해 주었다.

고청강 작가가 젊은 시절 한 대기업 사보에 소설을 연재했다. 그러던 그에게 1997년 경제 위기가 닥쳤다. 바로 IMF 구제 금융을 우리나라가 받은 것이었다. 매달 한 편씩 써서 이어지는 장편소설이었는데 큰 건설회사였던 함남기업의 사보라서 원고료가 쏠쏠했다. 고청강 작가는 그것만으로도 가족들을 먹여살릴 수 있을 정도였다.

하지만 IMF 사태가 터지고 어느 날 전화가 왔다.

"작가님, 함남기업 홍보팀의 이기진 과장입니다."

"아, 네. 안녕하세요, 과장님?"

"그동안 좋은 작품 써 주셔서 감사합니다."

"무슨 말씀을요? 부족한 작품 실어 주셔서 제가 감사하지요. 언제 한번 뵙고 인사드려야 하는데……."

"아닙니다. 제가 이렇게 작가님께 전화드린 이유는 송구스럽지만……."

고청강 작가는 예감이 안 좋았다.

"네, 말씀하세요. 무슨 용건이신지."

"IMF가 와서 지금 우리 회사도 부도 위기에 처했습니다. 부득이하게 사보 예산을 삭감하라는 지시가 내려왔어요. 연재 소설 쓰시고 계신데 죄송하지만 작품을 이번 호로 마무리해 주십시오. 못 다하신 건 나중에 다른 지면에 계속 이어 쓰시고요."

충격이었다. 나라의 불운은 개인의 삶마저 위태롭게 할 수 있음을 새삼 깨달았다. 당황했지만 침착하게 말했다.

"아, 아닙니다. 잘 알겠습니다. 이번 원고로 작품을 마무리하겠습니다."

심장이 뚝 떨어지는 기분으로 고청강 작가는 전화를 끊을 수밖에 없었다.

"그래서요? 어떻게 하셨어요?"

재석이 깜짝 놀라 물었다.

"그 장편소설은 내가 《토지》나 《객주》처럼 오래오래 쓰려고 했거든. 그 회사에서도 길게 써서 나중에 발간하게 되면 자기 회사의 이름을 머리말에 실어 달라고 했지. 그런데 망했지 뭐. 결국 소설 속 주인공들이 모두 급작스럽게 화해하면서 설악산으로 놀러 가도록 했는데……."

"그런데요?"

"온 식구들이 탄 차가 계곡 아래로 굴러떨어지는 걸로 마감해 버렸단다. 하하하! 기분이 최고조에 올랐을 때 모두 죽여 버린 거야. 우리나라 경제가 파탄에 이르렀듯이 내 작품을 비극적으로 끝내면서 나도 일종의 묘한 쾌감을 느꼈단다. 이게 작가야."

"어떻게 그럴 수가 있어요?"

재석은 충격에 빠졌다. 몇 편의 소설을 써 보면서 자신이 만들어 낸 어설픈 주인공에게 애정을 갖고 있었기에 더더욱 그랬다. 고청강 작가가 잔인하게까지 느껴졌다.

"내가 만든 주인공들인데 어때? 그때는 화가 나기도 하고 속도 상해서 다 죽여 버리고 나중에 경기가 좋아지면 새로운 연재에서 이 사실을 밝히고 다시 쓰려고 했지. 아서 코난 도일처럼."

아서 코난 도일이 만들어 낸 명탐정 셜록 홈스는 여러 이야기에서 활약했는데《바스커빌가의 개》가 가장 잘 알려진 작품이다. 그런데 코난 도일은 1893년에 발표한 《셜록 홈스의 회상록》에서 그를 폭포 밑으로 떨어뜨려 죽인다. 홈스 이야기를 끝내고 다른 장르의 소설을 쓰기 위해서였다. 독자들의 거센 항의와 홈스의 부활을 요청하는 수천 통의 편지가 쏟아졌지만, 코난 도일은 9년 동안이나 홈스 이야기를 다시 집필하지 않았다. 이후 코난 도일은 '셜록 홈스의 부활'이야말로 독자들을 광분케 할 수 있는 소재라면서 출판사와 협상을 하고, 새롭게 홈스 이야기를 썼다. 죽은 홈스가 부활한 작품이 바로 《바스커빌가의 개》였다.

"하긴. 그래서 저도 글 쓰는 게 정말 재밌어요. 게임처럼 판에 박힌 게 아니라 마음대로 뜯어고치고, 주인공을 통해 하고 싶은 말도 대신 쏟아 낼 수 있으니까요."

"그래. 잘 알고 있군. 자, 이제부터 소설 속에서 새로운 세계를 만들어 보는 거야."

"정말 그래도 되나요?"

"난 주인공들 다 죽여도 감옥 안 갔어. 하하하! 인물은 얼마든지 새로 만들면 돼. 이런 마음으로 대담하게 잘 써 보도록 해 봐."

"네! 정말 감사합니다."

고청강 작가와 통화를 마치고 난 재석은 갑자기 의욕이 샘솟았다. 그동안 썼던 글은 다 블록을 씌워서 삭제해 버렸다.

"그래. 주인공을 남자로 바꾸는 거야. 까짓 거, 해보자."

주인공을 바꾸자 갑자기 재석의 머리가 핑핑 돌아갔다. 중학교 시절이 떠오르면서 그때 즐겨 했던 게임이라든가 수시로 들락거렸던 PC방, 오락실이 차례로 기억났다. 그때도 물론 게임이 크게 흥미롭지는 않았다. 하지만 고청강 작가가 말했듯이 상상에 힘을 주면 된다. 손가락이 키보드 위를 날아다니며 작품을 쓰기 시작했다.

태선이는 엄마 몰래 게임기를 숨겨서 밖으로 나왔다. 양지 바른 처마 밑에 앉아 게임기를 켜는데 가슴이 떨렸다. 이것은 그 어떤 것보다도 태선이에게 큰 기쁨을 주는 가장 좋아하는 일이었기 때문이다. 오늘은 반드시 5단계까지 가겠다고 결심을 하며 게임기의 전원 스위치를 눌렀다. 경쾌한 소리와 함께 음악이 나오고 코딱지만 한 화면에서 주인공이 떠올랐다.

그때 전화기가 또 울렸다.

"오늘따라 왜 이렇게 전화가 많이 오는 거야?"

재석은 전화번호를 확인하는 순간 얼어붙었다. 부라퀴 할아버지였다.

"할아버지, 안녕하세요?"

받자마자 인사를 하자 부라퀴의 쉰 목소리가 들렸다.

"재석아, 너무 늦은 시간에 전화한 건 아니냐?"

"괜찮습니다, 할아버지. 지금 글 쓰고 있었어요."

"재석이 네 도움이 필요해서 전화했단다."

"아, 제가 도움드릴 일이 있나요?"

"그래. 저번에 우리 사돈 병실에서 중학생 여자아이 봤냐?"

"은미 말씀이세요?"

"맞다, 그 은미가 오늘 오전에 집을 나가서 지금까지 돌아오지를 않는구나. 전화를 걸어도 받지 않고 어디 갔는지 알수가 없어."

"그럼 제가 어떻게?"

"내 생각에는 자기가 살던 집에 간 것 같은데 시간이 늦어져서…… 네가 한번 가 봐 주겠니? 하필이면 오늘따라 식구들도 다 일이 있어서 집에 없고, 나 혼자 있으니 은미가 돌아올까 봐 나갈 수도 없는 상황이란다."

부라퀴의 말투에는 답답함이 배어 있었다. 장애인들의 가장 큰 고통이 이동을 자유롭게 할 수 없는 것이었다.

"네. 제가 가 볼게요. 은미 집이 어딘데요?"

"지하철 문기역 옆에 있는 문기아파트 127동 303호야. 마침 주소 적어 놓은 게 있었다."

재석의 집에서 전철로 세 정거장 거리였다. 금방 가 볼 수 있는 위치라서 다행이었다.

"보담이는 지금 뭐하나요?"

"보담이는 학교에서 하는 도서관 행사에 가 있다. 어멈은 보담이 외삼촌 병간호로 병원에 있고."

"아, 네. 걱정하지 마세요, 할아버지. 제가 가서 찾아보고 연락드리겠습니다."

재석은 황급히 컴퓨터에서 작업하던 글을 저장하고 나서 점퍼를 걸친 뒤 시간을 살피며 집을 나섰다. 벌써 10시가 다 되어 가는 시간이었다. 가는 길에 보담이에게 문자를 찍었다.

> 나 지금 부라퀴 할아버지 부탁으로
> 은미네 집에 가고 있어.
> 무슨 일 있나 확인하는 대로 연락 줄게.

재석은 낡은 문기아파트에 도착했다. 지은 지 30년도 더 되는 곳이어서인지 아파트 단지에 경비원도 없었고, 복도식 아파트라 누구나 쉽게 들어갈 수 있었다.

재석이 계단으로 휘적휘적 3층까지 올라가 보니, 은미네 집은 복도에서 보이는 양쪽 창문이 어두컴컴하게 불이 꺼져 있었다. 사람 사는 곳 같지 않았다. 방범창에 코를 대고 들여다보아도 어둠뿐이었다. 집 대문에는 배달음식 광고지가 덕지덕지 붙어 있었다.

'아무도 없어 보이는데. 그래도 여기까지 찾아왔으니…….'

재석은 벨을 눌러 보았다. 기계식 벨이 몇 번 소리를 냈지만 반응은 없었다. 재석은 조용히 문을 두드려 보았다.

"여보세요! 여보세요!"

인기척이 없었다.

더 크게 두드려 보고 싶었지만 밤이 늦어 할 수 없이 다시 아파트 단지 마당으로 내려왔다. 멀리서 봐도 빈집이 분명했다. 재석은 그 자리에 쭈그리고 앉았다. 스마트폰을 켜니 그새 보담에게서 문자가 와 있었다.

> 재석아, 고마워.
> 연락 줘. ♡♡

문자 끝에 포도송이처럼 달린 하트가 재석의 마음을 환하게 해 주었다.

지금 은미네 집에 왔는데
아무도 없어.

그 집에 없을 거야
이사 나가야 하기 때문에
엉망이거든.

혹시 게임하러 간 건 아닐까.

컴퓨터도 다 부숴 버렸다고
은미가 그랬어.
아빠가 다치고 나서
게임 안 하겠다고 내던져 버렸다고 했거든.

보담의 문자를 확인하고 재석은 걱정이 깊어졌다.

큰일이네.
병원에도 안 왔대.

알았어.
혹시 은미한테 연락 오면
바로 알려 줘.

재석은 털고 일어나 집으로 가려다 뭔가 불현듯 떠올랐다. 127동을 빙 돌아 앞쪽에 가서 은미네 집을 올려다보았다. 여전히 집 안은 불이 꺼져 있었다.

'이상하다. 뭔가 있는 것 같기도 하고……'

안방 쪽에서 푸르스름한 불빛이 살짝 움직이는 것 같기도 했다. 재석은 스마트폰을 꺼내 은미네 집 창문과 불이 꺼진 다른 집의 창문을 똑같은 구도로 찍었다. 줌으로 확대하여 두 사진을 비교해 보니 은미네 집 창문이 다른 집의 창문보다 더 푸르스름한 것이 확연히 느껴졌다.

'확인해 봐야겠다.'

재석은 작은 돌멩이를 집어 은미네 집 안방 창문 쪽으로 가볍게 던졌다. 몇 번 빗나간 뒤 마침내 바둑알만 한 돌멩이가 은미네 창문 유리창에 맞았다.

"드륵!"

잠시 후 창문 여는 작은 소리가 들리며 어둠 속에서 스마트폰을 비치며 밖을 내다보는 그림자가 보였다. 실루엣만 봐도 그건 은미였다.

"은미야!"

재석의 목소리를 듣고 그림자가 고개를 숙였다. 재석은 한달음에 달려가 아파트 문을 다시 두드렸다.

"은미야, 할아버지가 너 찾아보라고 해서 왔어. 나 재석이 오빠야."

한참 동안 답이 없었다.

"너, 나에 대해 보담이한테 들어서 알지? 나 성질나면 꼭지 돈다. 빨리 열어!"

나지막한 소리로 으르렁거리자 한참 만에 비로소 문이 열렸다. 눈을 마주치지 못하고 은미가 고개를 숙이고 있었다.

"불 켜 봐."

환해지자 실내가 눈에 들어왔다. 어지럽게 잡동사니가 나뒹구는 집은 사람 사는 곳 같지 않았다.

"너 여기서 뭐해?"

은미의 답을 듣기 전에 재석은 어떤 상황인지 바로 알 수 있었다. 안방의 컴퓨터 화면에서 그리니치 게임이 돌아가고 있었기 때문이다.

"은미, 너 아직도……."

보담의 집에서 게임을 못하게 되자 은미는 몰래 나와 자신의 집으로 돌아온 거다.

"너 컴퓨터 다 집어 던졌다더니……."

말하는 순간 알았다. 신형 컴퓨터는 망가져 한쪽 구석에 있고 구형 컴퓨터로 게임을 하고 있다는 것을. 아마도 어디 처

박았던 컴퓨터를 다시 꺼내 연결한 모양이었다. 재석은 기가 막혔다. 하지만 은미의 상태를 알기 때문에 뭐라 할 수도 없었다.

"휴우. 어서 집에 가자. 어른들이 걱정하셔. 데려다줄게."

은미는 말없이 후드티 모자를 쓰고 재석의 뒤를 따랐다. 재석은 부라퀴에게 먼저 전화를 걸었다.

"할아버지, 은미 찾았어요. 지금 데리고 갈게요."

"알았다. 조심히 와라."

부라퀴는 모든 걸 짐작했다는 듯 별말이 없었다.

아파트 단지를 나와 어둠이 깔린 거리를 지나 전철역으로 갔다. 보담의 집 부근 전철역에 내릴 때까지 둘은 아무 말도 하지 않았다. 편의점 앞을 지날 때 문득 재석은 허기가 졌다.

"너 혹시 배 안 고파?"

후드티 모자 그늘 안에서 반짝이는 눈동자 두 개가 보일 듯 말 듯 흔들렸다.

"뭐 먹고 가자. 내가 사 줄게."

재석이 먼저 편의점으로 들어갔다.

은미는 삼각김밥과 아이스 아메리카노 한 잔을 손에 들었다. 재석은 빵과 우유를 집었다. 창가에 놓인 작은 테이블에 둘은 나란히 앉았다. 배가 고팠는지 은미는 능숙하게 삼각김

밥을 뜯어 입에 넣고 오물오물 먹기 시작했다. 가까이서 보니 심성이 나쁜 아이는 아니라는 걸 재석은 알 수 있었다.

"나는 아빠가 없어."

재석은 이럴 때 자신의 상처를 먼저 내보이는 게 답이라는 걸 알고 있었다. 그 말에 은미가 힐끗 재석을 바라보았다.

"엄마가 돈을 벌어야 해서 할머니 집에서 자랐어. 그리고 주먹질을 하고 문제아가 되었지."

재석은 떠오르는 대로 중학교 때 이야기를 늘어놓았다. 자신을 깔보던 녀석 하나를 중학교 1학년 때 두들겨 팬 이야기까지 침을 튀겨 가며 실감나게 해 주었다. 소설은 독자가 자기 일처럼 느끼게 하는 게 중요한데 이야기도 마찬가지다.

"그래서 전설의 주먹이 된 거임?"

갑자기 은미가 물었다. 일본 만화를 많이 본 아이처럼 명사형으로 마치는 특이한 말투였다.

"하하, 누가 그래?"

"우, 우리 학교 애들 다 알음."

은미가 비로소 입을 열자 재석은 제 이야기를 좀 더 했다. 일진의 길을 걷게 되어 엄마가 속상해했던 일과 학폭위 처분으로 사회봉사를 갔던 일, 그리고 연예기획사를 무찌른 일과 왕따를 없앤 일 등등. 물론 그 모든 일은 멘토들을 만나 하나 하나 배워 가며 해결했다고 말했다.

"오빠는 정의의 사도임?"

"나? 아냐, 그럴 리가. 내가 정의를 얼마나 망가뜨렸는데."

재석의 솔직한 심정이었다. 재석은 은미의 얼굴을 바라보았다.

"넌 그리니치 게임의 거대 성주라면서? 그것도 정의의 사도나 마찬가지니?"

"아니, 그냥 돈으로 산 거임. 그거 땜에 아빠가……."

어느새 은미의 눈에 눈물이 한가득 담겼다.

"넌 어쩌다 게임에 빠지게 됐어?"

"아빠가 건설현장에 다니면서부터 공부하기가 싫어짐. 아빠는 서울대를 나왔는데도 막일이나 하는 거 보니까 창피하기도 하고, 공부 잘하면 뭐하나 싶었음."

은미는 작은 목소리로 자기 고백을 했다. 재석의 고백을 들어서 자신도 털어놓기가 훨씬 편한 것 같았다.

"그러다 보니까 성적이 내려가고 샘들이 맨날 걱정. 전교에서 놀던 내가 갑자기 중위권으로 내려가고 하위권으로 가니까……. 너무 빨리 찌질이가 된 거임."

은미는 성적이 떨어지면서 자신을 사랑하는 마음을 잃어갔다. 자존감이 떨어진 거다. 낮아진 자존감을 어디에서도 높일 수 없었다. 학교에선 선생님들의 걱정을 들어야 했고, 가난해진 가정 형편에 암에 걸려 투병 중인 엄마와 늘 집을 비우는 아빠까지……. 기댈 곳이 없었다.

"나는 이 세상에서 낄 곳이 없었음. 아무도 나에게 관심 없었음."

이야기하면서도 은미의 어깨가 점점 움츠러들었다.

"그런데 전혀 다른 세계가 나를 기다리고 있었음. 아빠는 지방 건설현장에서 일하느라 집에 없고, 엄마는 돌아가시고, 성적은 자꾸 떨어져 모두들 불쌍한 눈으로 나를 보는데, 게임을 하면서 나만의 왕국을 건설할 수 있게 된 거임. 게임에서는 내가 왕국도 만들고, 왕이 될 수도 있었음. 다른 사람의 존경을 받으며 실력을 보여 줄 수 있는 곳이었음. 게임 세계에서는 아무도 날 깔보지 못했음. 네버!"

게임은 은미를 왕으로, 공주로 만들어 줬다. 게임 세계에서 은미는 최고의 스타였다. 학교는 지루하고 따분했지만 게임 세계는 은미에게 도전을 주었고, 활기를 주었고, 생기를 주었다. 삶의 의미가 생겨났다. 현실에서는 친구들과 어울리지 못하는 은미지만 게임에서는 협력을 하고 집단을 이끌고 목표를 이루었다. 자신만의 성을 구축하고, 가장 높은 게임의 경지에 올라가기도 했다. 아주 역동적이며 흥미진진했다. 손에 땀을 쥐게 했다.

현실에서 채우지 못한 욕구를 이뤄 갈수록 은미는 게임의 세계에 깊이 빠져들었다.

"하지만 그런 게임에서 얻은 건 진짜가 아니라 모두 가짜잖아."

"오빠, 이 세상에 가짜 아닌 게 어디 있음? 다 가짜임. 공부 잘하는 아이들, 그거 다 자기 실력 아니고 부모가 돈 들여서 학원이랑 과외 시켜서 얻은 가짜 아님? 부자들도 가난한 사람들 등쳐서 돈 번 거 아님? 친구들도 우정이라고 하지만 돈 많은 아이들만 좋아하고, 예쁜 애들만 좋아함. 그것도 다 가짜임. 게임이 가짜라고 하지만 노력한 만큼 인정받는데 뭐가 나쁜 거임?"

재석은 뭐라 할 말이 없었다.

"이 세상에서 힘을 얻는 것도 결국은 다 가짜인데 게임에서 그런 거 맛보는 게 뭐가 나쁘다는 거임? 나는 그런 걸로 존경받음. 내가 성을 산 뒤로 얼마나 주위에서 날 우러러보는지 모름."

그런 말을 할 때 은미의 눈은 빛나고 있었다.

"……."

"게임을 친구들이랑 같이하는 건 친구들과 어울려 축구나 야구하는 것과 다르지 않음. 친해지고 스트레스도 같이 해소하는 거임. 나쁜 게 아님."

"……."

재석은 자신이 세 살이나 위인 고등학생이지만 게임에 대해 아무것도 아는 게 없어 답답했다. 이럴 때 멋지게 뭐가 문제인지, 왜 절제해야 하는지를 말해 주지 못하는 게 속상했다. 중학생에게 밀리는 자신이 한심했다.

"아무튼 그 게임 때문에 너희 집에 손해가 났잖아. 게임에 돈을 그렇게 많이 쓰는 건 옳지 않아. 게다가 그 돈은……."

갑자기 은미의 눈에 다시 눈물이 차올랐다. 역시 돈을 과도하게 쓴 건 문제임을 느끼는 듯했다. 재석은 아차 싶었다. 논리적으로 제압을 못하자 괜히 상대의 약점을 건드린 꼴이 되었기 때문이다.

"미, 미안. 내 뜻은……."

그때 재석을 구해 주려는 듯 보담의 전화가 왔다.

"여보세요!"

"재석아, 은미 찾았다고?"

"응. 지금 편의점에서 뭐 먹이고 집에 데려다주려고."

"지금 집에 가고 있어. 곧 도착해."

"그럼 너의 아파트 앞 사거리 편의점으로 와."

"알았어."

보담과의 통화를 마치고 은미를 바라보니 소매 끝으로 눈물을 닦고 있었다.

"보담이 곧 도착한대. 집에 같이 들어가면 되겠다."

은미가 먼저 자리에서 일어나 편의점을 나섰다. 재석은 급할 것 없다는 듯 교통카드 충전을 하고 나서 뒤따라 나섰다. 그런데 밖에 나가니 은미가 사라지고 안 보였다.

"어, 얘가 어딜 갔지?"

좌우를 살펴도 은미는 보이질 않았다. 재석은 일단 왔던 곳을 향해 달렸다.

"은미야! 은미야!"

빠르게 뛰며 좌우를 살폈지만 밤거리에 은미는 보이지 않았다. 집 앞까지 다 와서 은미가 사라질 줄은 미처 몰랐다. 부라퀴 할아버지에게 찾았다고 전화 통화까지 해 놓고 빈손으로 가면 무슨 꼴인가 싶어 등골이 오싹했다.

그때 스마트폰이 울렸다. 보담이었다.

"재석아, 어디야?"

"어, 나 지금……."

"은미, 나랑 같이 있어. 방금 길에서 만났어."

재석은 순간 긴장이 탁 풀렸다. 아마 재석을 따돌리고 어딘가로 도망가다 보담에게 걸린 모양이었다.

"휴우! 다행이다."

그제야 가쁜 숨이 쏟아지며 등골에서 땀이 흘러내렸다.

멘토와의 만남

선생님 안녕하세요?
오랜만에 연락드려요.
저 재석이에요.
전에 왕따 문제로 도움 주셨잖아요.
이번에도 여쭤볼 게 있어서
문자 보내요.
게임에 중독된 아이들을
돕고 싶은데
어떻게 해야 하나요?

재석은 다솜학교폭력연구소를 운영하는 이민정 선생에게

문자를 보냈다. 언제든지 어려움이 있을 때는 연락하라고 했던 기억이 났기 때문이다.

은미의 문제라든가 학교에서 많은 아이들이 게임에 중독된 이러한 사태에서 재석에게 필요한 것은 판단의 기준이었다. 무엇이 옳고 무엇이 그른지 알 수 없었다. 게임을 절대 하면 안 된다는 극단적인 의견도 있었고, 중용과 절제를 통해 적당히 하는 게 중요하다는 사람도 있었다.

그렇다면 적당히가 어느 정도인지, 게임이 청소년들에게 갖는 의미가 무엇인지, 이 모든 상황을 어떤 시각으로 봐야 할지 알 수 없었다. 그때 생각난 사람이 이민정 선생이었다. 결정적으로 은미와의 대화에서 게임에 대해 아는 게 너무 없음을 깨달았다.

문자를 보내고 30여 분 뒤에 이민정 선생에게 전화가 왔다.

"재석이니?"

"네, 선생님. 안녕하세요?"

"게임 때문에 힘든 친구가 있다고?"

"네. 자세한 건 만나서 말씀드리고 싶은데 혹시 선생님은 게임에 대해서 잘 아세요?"

"어머, 나는 사실 게임은 잘 몰라. 문제가 있다는 건 알고 있지만."

"아, 그러시구나."

재석은 실망했다.

"하지만 학교폭력 담당교사 모임에서 만난 게임중독 전문가를 알고 있어."

"아! 정말요?"

"소개해 줄까?"

"네, 부탁드려요. 보담이 사촌동생이 게임 때문에 큰 사고를 쳤거든요."

"그래. 내가 미리 통화해서 네가 찾아가서 고민 상담한다고 전하고, 너한테 문자로 연락처를 보내 줄게."

재석은 두근거리는 마음으로 이민정 선생에게 문자가 오기를 기다렸다. 잠시 후 문자가 하나 날아왔다.

김태용 심리학 박사
한국게임중독심리연구소 소장

"이런 데가 다 있구나."

재석은 문자를 확인하고는 바로 보담과 민성, 향금이가 함께 있는 단체톡 방에 이 사실을 알렸다.

재석

우리 은미를 데리고
함께 찾아가 보자.

항금

그래.
전에도 이민정 선생님이
도움을 많이 주셨잖아.

민성

맞아. 이럴 때는 어른들의 도움이 필요해.

보담

은미한테 얘기해 보겠지만,
아마 안 간다고 할 거야.
우리끼리 먼저 가 보는 게 좋겠어.

그렇게 하여 아이들은 김태용 소장과 약속을 하고 광화문
에 있는 연구소를 찾아갔다. 연구소는 책을 사러 가끔 가던
대형서점 옆 뒷골목 작은 건물에 위치했다. 네 아이는 케이크
와 음료수를 들고 연구소 문을 두드렸다.

"안녕하세요?"

인사를 하고 재석이 먼저 고개를 들이밀자 턱수염을 기른

김태용 소장이 돌아봤다.

"어서 와라. 너희가 이민정 선생님이 소개하신 재석이와 그 일당들이구나."

재치 있는 입담에 아이들은 마음이 다소 가벼워졌다.

"예, 저희가 그 일당들입니다."

민성이 환하게 웃으며 몸을 내밀었다.

"이쪽으로 앉아라."

김태용 소장은 자리에서 일어나 아이들에게 걸어오며 의자를 권했다. 네 아이는 각양각색인 의자에 앉았다. 연구소에는 책도 별로 없고 자료가 쌓여 있지도 않았다.

"와! 이곳은 연구소 같지가 않아요."

스마트폰으로 동영상을 찍으며 민성이 감탄했다.

"그렇지?"

"어머! 꽃도 예쁘고 전망도 참 좋네요."

보담이 창밖을 내려다보며 이야기했다.

"카페 같아요."

"그래. 내가 원하는 분위기가 바로 이런 거야."

"왜 이렇게 만드셨죠? 책이 많이 있어야 되지 않나요? 연구하시려면."

"하하, 중독을 상담하러 오는 아이들이 책이라든가 자료만 가득 있으면 주눅이 들어. 그래서 이렇게 카페 분위기로 만든 거란다. 자, 뭘 마실까?"

김태용 선생은 직접 차를 주문 받았다. 상담실 한쪽에는 작은 커피 머신이 자리 잡고 있었다.

"저는 아메리카노요."

놀랍게도 보담은 커피를 먹겠다고 했다.

"너 커피 안 마셨잖아?"

재석이 눈을 동그랗게 뜨고 말했다.

"공부할 때 잠이 와서 커피를 한 잔씩 마시다 보니까 중독됐나 봐."

중독이란 말을 듣자 김태용 소장이 말했다.

"허허, 커피도 대표적인 중독 약물이지."

"약물이요?"

"농담이야. 식품인데 중독성이 있지. 많이 먹으면 피곤하고 소변을 많이 보게 되는 부작용도 존재해. 현대 문명을 커피가 이루었다는 말도 있어."

"무슨 말씀이세요?"

"직장인들은 낮에 피곤하고 업무 능력이 떨어질 때 커피 한 잔 마시면서 제정신을 차리거든. 낮에 한숨 자는 게 생체리듬에 맞는데 커피가 수면을 억제하고 각성 효과를 불러일으

키니까 깨어 있는 시간이 늘어나 현대 문명이 이루어졌다는 거야."

"와, 정말 그런 것 같아요."

"하하! 요즘 사람들이 커피를 많이 먹기는 먹지."

주스를 마시는 재석과 민성, 커피를 마시는 보담, 녹차를 마시는 향금과 함께 앉아 김태용 소장은 잡다한 이야기를 몇 마디 나눈 뒤 본론으로 들어갔다.

"그래, 뭐가 궁금해서 나를 찾아왔지? 이민정 선생이 아주 훌륭한 학생들이라고 많이 도와주라고 하던데? 그 동영상은 기록으로 남기려고 찍는 건가?"

스마트폰으로 동영상을 찍고 있던 민성이 당황해서 뒤통수를 긁으며 김태용 소장에게 허락을 구했다.

"네. 먼저 말씀드려야 했는데, 죄송해요. 촬영해도 될까요?"

"좋아."

"감사합니다."

민성이 본격적으로 촬영을 시작하자 보담이 입을 열었다.

"오늘 소장님을 찾아온 이유는 제 사촌동생 때문이에요."

보담이 은미에 대해 자초지종을 이야기했다. 외삼촌 사업이 힘들어지고 외숙모가 암으로 돌아가신 것, 외삼촌이 멀리 지방에서 일하고 그사이 은미가 게임에 빠져 돈을 다 날린

이야기가 전개되었다.

"은미가 굉장히 힘든 상황인데 어떻게 해야 할지 알고 싶어요. 도움을 주고 싶거든요."

이야기를 다 들은 김태용 소장이 물었다.

"그래서 뭐가 궁금한 거지? 나는 사실 오늘 은미라는 학생도 함께 오는 줄 알았어."

"네, 다음에는 꼭 데리고 올게요. 지금은 오려고 하질 않아서 저희가 먼저 온 거예요."

듣고 있던 재석이 나섰다.

"일단, 저희가 은미를 어떻게 도와주면 좋을지 궁금해요. 그리고 저는 이런 소재로 글을 쓰고 싶습니다. 소장님에게 게임중독이 얼마나 무서운 건지, 그리고 우리가 어떻게 봐야 하는지에 대해 듣고 싶어요."

이런 이야기에 민성도 빠질 수 없었다.

"아, 저는 다큐멘터리를 찍고 있는데, 게임중독을 좀 다루고 싶어요."

민성은 삼각대를 설치하면서 본격적으로 촬영에 들어갔다.

"그러면 무슨 얘기부터 해 볼까?"

김태용 소장의 말에 재석이 대답했다.

"먼저 게임중독이란 게 정확히 무엇인가 궁금합니다."

"아, 근본적인 질문을 재석이가 주는군. 중독이란 건 대략 구분하면 일단 유해물질로 인한 중독이 있어. 연탄가스중독이나 일산화탄소중독 같은 것이 바로 그거지. 가스중독은 당장 생명을 위협해 심각하지만 조심하면 충분히 예방 가능해. 사회적으로 더 큰 문제가 되는 건 알코올이나 마약 같은 약물중독이야. 황홀감을 주고 짜릿한 쾌감을 주기 때문에 사람들이 자꾸 빠져들거든. 최근엔 게임이나 도박중독 문제가 커지고 있어. 심해지면 정상적인 생활을 할 수 없고, 판단력이 약해지면서 사회적 기능도 저하되거든."

"그렇다면 중독은 어떻게 치료해야 하나요?"

"중독은 상황이 심각해진 뒤에야 깨닫는 경우가 많아. 하지만 중독으로 인해 삶이 망가질 대로 망가진 뒤에 바로잡으려고 노력하는 것보다는 그전에 예방하는 것이 가장 좋아. 설사 중독의 늪에 빠졌더라도 얼른 발을 빼는 것이 중요하지. 궁지에 몰려서 묘책을 찾기보다는 상황 자체를 만들지 않는 게 좋고, 만들어진 상황이라면 피하는 것이 현명하지."

"심각한 상태여도 치료하면 되지 않을까요?"

보담이 진지하게 물었다.

"중독은 치료가 말처럼 쉽지가 않아. 재발률도 높고. 조심하고 예방하는 것이 훨씬 쉽고 안전하고 지혜로운 길이지."

"그렇군요."

"게임이 얼마나 위험한지는 여러 보고서로 알려져 있는데 미국의 자료가 잘 되어 있어. 내가 좀 보여 줄게."

김 소장은 빔 프로젝터를 켜서 화면을 띄웠다. 내용을 보니 미국에서는 8세에서 18세 사이의 청소년 중 대략 4,000만 명이 게임을 한다고 했다. 그중 8.5%에 해당하는 300만 명 이상이 심각한 병적 수준, 즉 게임중독이라는 통계 자료가 발표되었다.

"더 큰 문제는 중독자들에게 의학적 진단이 내려진 경우가 별로 없다는 점이야."

그건 이상했다. 게임중독이 이토록 심각한 상황이라면 진단 받는 사례가 많아야 하지 않는가.

"소장님, 온 세상이 게임의 유해성을 다 아는데 왜 진단이 안 되지요? 그것도 미국 같은 선진국에서요?"

"너무 흥분하지 말게. 중독으로 판정되고 그 문제에 대한 해결책을 만드는 게 하루아침에 될 수 있는 일이 아니야. 영화에서 많이 보는 알코올중독이 의료계에서 심각한 병으로 인정받는 데 얼마나 걸렸을 것 같은가?"

"글쎄요."

"무려 30년이 걸렸어."

"네에? 정말요?"

"그럼. 게임 역시 앞으로 더 오랫동안 그 심각성을 인정받기 위해 노력해야 한단다."

재석은 의문이 들었다. 게임이 중독성이 강하다고 해도 이미 문화 현상이 되었고 지금은 대세 문화로까지 성장해 가고 있지 않은가. 중독의 문제만 얘기하는 건 너무 편파적인 게 아닐까.

"소장님, 게임은 사실 즐거움을 주잖아요. 적절하게 절제하며 사용할 수 있다면 교육적으로도 쓸 만하지 않나요? 게임으로 수학이나 과학도 배우고, 여러 가지 기능도 익힐 수 있고요."

"그래. 그건 술을 마셔도 중독이 되지 않는 사람이 있는 것과 똑같아. 대부분의 사람들은 술을 건전하게 즐기지. 나도 식사할 때 한 잔 정도 마시거든. 도박도 건전한 오락으로 즐기는 수준의 사람이 많지. 미국에 가서 보니까 1센트 넣고 하는 카지노에서 할머니들이 몇 시간씩 재미삼아 하면서 친구들과 대화하고, 맛있는 것도 먹고 가더라고."

"맞아요. 우리 할머니는 김천에 사시는데 매일 동네 할머니들하고 고스톱 치세요. 치매 예방에도 좋대요. 그런데 중독은 아니잖아요."

향금의 말에 김태용 소장은 고개를 끄덕였다.

"그래. 그런 건전한 경우가 많지. 문제는 과도한 것이야."

"얼마나 해야 과도해요? 수치 기준이 있나요?"

보담이 물었다.

"객관적인 수치가 없고 게임의 위험성이 다른 중독보다 덜 인식되고 있는 게 현실이야."

게임은 누구나 접해 보았고 너무나 쉽게 접근이 되었다. 그런데 한두 번 하고 마는 수준이 아니라 푹 빠지는 건 전혀 다른 문제였다.

"그렇기 때문에 게임이 더욱 위험하지. 지금보다 더 많은 사람이 중독되고 그 위험성이 심각하게 인식되고 나서야 부랴부랴 대책을 강구하게 될 테니까."

"주로 어떤 사람들이 중독에 빠지는 걸까요? 영화에서 보면 불행하거나 크게 좌절한 사람들이 결국 알코올 같은 것에 중독되더라고요."

향금의 질문에 김태용 소장은 고개를 끄덕였다.

"실제 삶에서 목적 의식이 부족하고 도전 정신이 약한 사람들이 게임중독에 빠질 가능성이 크지. 게임은 무엇이든 상상하는 대로 이루어지는 환상의 세계야. 현실에서 만족하지 못한 사람들은 게임 속 캐릭터와 자신을 동일시하면서 살아가야 할 이유를 찾는단다. 자신이 게임을 하기 위해 아내를 중독자로 만든 사람도 있어."

"정말요?"

"응. 처음엔 남편이 게임하는 것을 탐탁지 않게 여기던 아내가 게임에 빠지면서 더 이상 잔소리를 하지 않게 되자 남편이 아내가 게임을 계속하도록 옆에서 부추겼지. 결국 함께 게임에 빠져 가정을 소홀히 하다가 파국에 이르게 됐어."

"뉴스에서 본 것 같아요. 젊은 부부가 게임하느라 갓난아이를 돌보지 않아 결국 굶어 죽었지요?"

"그래. 일반적인 상식으로 보면 상상도 할 수 없지만 게임에 중독된 사람들에겐 있을 수 있는 일이지."

은미의 상황을 가까이에서 보고 들은 뒤라서 아이들은 게임중독 문제가 심각하다는 걸 절감했다.

"내가 게임중독에 걸렸다 치료된 사람들의 수기를 좀 보여줄까?"

"네. 보고 싶어요."

보담이 적극적으로 고개를 끄덕였다.

김태용 소장이 PPT 화면을 찾아 띄웠다. 육필로 쓴 내용이 사진으로 떠올랐다.

나는 하루 종일, 일주일 내내, 한 달이 부족할 정도로 게임을 한다. 초등학교 때부터 중학교, 고등학교 내내 게임은 나의 삶이었고, 즐거움이었으며 유일한 도피처였다.

그러나…….

이렇게 게임을 했지만 내 손엔 아무것도 쥐어진 게 없다. 엄청난 노력을 기울였지만 현실 세계에서는 보여 줄 만한 성과가 1도 없다. 엄청난 승률을 기록한 적도 있고, 32시간 연속 게임 기록도 세웠다(물론 기절해서 더 기록을 세우진 못했지만). 완전히 수년간 몰입했지만 결론은 허무했다.

게다가 내가 빠졌던 게임은 끝이 없다. 책이나 영화는 종결이 있다. 아무리 길어도 드라마엔 끝이 있기 마련이다. 그러나 게임에는 디엔드(The end)가 없다. 나에게 끝임없이 게임에 빠질 것을 요구한다. 게임을 하는 동안에는 심장이 요동치고, 손에 땀이 흥건하며, 짜릿하게 흥분이 된다. 이건 정말 삶의 희열이다. 완벽하다.

어디 그뿐인가. 화려한 그래픽에 음악과 조명, 그리고 기가 막힌 스토리까지 모든 게 나를 빠져들게 한다. 나는 늘 어두운 지하 둠을 걷거나 하늘을 날며 낙하산으로 내려와 적을 무찌를 준비를 하고 있는 전사다. 살아남기 위해 발버둥 치는 대담함을 갖고 있다. 워리어다. 그것이 현실에서 루저인 내가 게임에 빠진 이유이고, 워그라운드에서 이름만 대면 누구나 존경하는 스나이퍼 잭으로 사는 보람이다.

"……."

여기까지 읽고 네 아이는 아무 말도 하지 못했다. 제일 먼저 재석이 입을 열었다.

"현실 세계에서 보여 줄 게 1도 없다는 말이 와 닿네요."

김태용 소장이 고개를 끄덕였다.

"학교에서 공부하고 친구들과 어울린 뒤 집에 돌아온 학생이 숙제나 예습, 복습을 하는 대신 게임이 하고 싶다는 열망으로 컴퓨터나 스마트폰을 황급하게 켠다면 그것은 커다란 승리야."

"네? 승리라니, 그게 무슨 말씀이세요?"

"거대자본의 승리고, 게임 회사의 목표 달성이지. 게임 속에서는 누구나 화려한 투사이고, 스나이퍼이고, 글래디에이터고, 워리어지. 계급도 높아지고, 부하들도 생기고, 성이나 섬 등 수많은 영토를 차지하지. 강력한 전투력으로 칭송받고, 게임하는 사람들 사이에서 명성을 얻을 수도 있어. 그런데 현실에서 그런 일을 이루려면 평생을 노력해도 쉽지 않지."

"맞아요. 우리 큰아버지도 육사 나오셨는데, 별을 달지 못하고 대령으로 전역하셨어요."

민성이 갑자기 생각난 듯 말했다.

"현실에서는 군인이 수십 년을 복무해도 별을 달기란 쉽지 않고, 아무리 돈 잘 버는 기업을 꾸려도 성을 사거나 나라를 만들지는 못하지."

"하지만 가상 세계에서라도 그런 걸 이루면 기분이 좋아요. 큰아버지도 아마 게임에서 별을 달고 장군이 된다면 스트레스가 풀리지 않을까요?"

"절대 안 그럴걸. 게임에서 느끼는 걸 실제 기쁨이라 여긴다면 그것은 이미 중독이 된 거라고 봐야겠지. 중독자들은 자신의 디지털 페르소나인 아바타를 강하게 만들려고 엄청나게 많은 시간과 돈을 쓰게 돼."

"페르소나가 뭐예요?"

"아, 내가 어려운 말을 썼네. 페르소나는 가면을 뜻하는데, 자신의 특성이나 감정 등을 타인이나 다른 사물에게 덧씌우는 것을 말하는 심리학 용어란다. 이 페르소나가 있기 때문에 우리는 살면서 자신만이 가진 고유한 심리구조와 사회적 요구 사이에서 타협점을 만들 수 있어."

알 듯 말 듯한 이야기였다. 어려운 걸 쉽게 풀어 주려고 김태용 소장은 예를 들어 주었다.

"음, 뭐가 예로 좋을까? 그래, 너희들 영화 좋아하지? 미국의 마블 히어로들이 좋은 예가 되겠다. 아이언맨과 스파이더맨의 가면 속 인물인 토니 스타크나 피터 파커는 원래 사회적으로 고립된 왕따 비슷한 존재들이지. 그리고 마음에 들지 않는 자기 자신을 대체하기 위해 만들어 낸 페르소나가 아이언맨이나 스파이더맨이란다."

"와우! 아이언맨과 스파이더맨이라니! 엄청난 페르소나인데요?"

"그렇지. 이렇게 과장하거나 과대평가해서 만든 페르소나에서 본성을 찾아가는 과정을 자아실현이라고 하지."

페르소나는 자신의 본모습과 차이가 있게 마련이다. 그래서 인간은 누구나 갈등을 느낀다. 페르소나가 너무 강조되거나 팽창되면 개인이 그 페르소나 안에서 열등감과 외로움을 느낄 수밖에 없어서다. 영화 속의 히어로들이 모두 고독하게 그려지는 것도 그 때문이다.

"은미도 게임 속 페르소나와 현실의 자신이 너무 차이 나니까 만족감이 큰 게임 속 세상에 더욱 깊게 빠진 거군요. 그래서 뒷일은 생각지도 않고 엄청난 돈을 써 버린 거고요. 돈 문제가 터지고 외삼촌까지 다치신 지금도 어떻게든 게임을 하려 하고요."

보담의 말에 김태용 소장은 고개만 끄덕였다.

"보담아, 은미는 게임 속에서 슈퍼 히어로였던 거야."

재석의 말에 민성이 끼어들었다.

"야, 너는 영어 실력이 너무 없어."

"왜?"

"남자는 히어로, 여자는 히로인. 내가 아무리 공부 못해도 그건 안다. 어험."

난데없는 민성의 잘난 척에 분위기가 살아야 하는데, 보담은 눈물을 뚝뚝 흘렸다.

"흑흑! 이해가 조금 되는 것 같아요. 나는 그것도 모르고 사실 은미를 원망했어요. 제정신이 아니고서야 어떻게 그런 짓을 저지를까 한심해했어요. 흑흑!"

보담이 눈물까지 흘리자 재석은 마음이 아팠다. 보담은 큰 눈이 충혈되도록 흐느꼈고, 옆에 있던 향금도 같이 훌쩍이며 보담의 들썩이는 어깨를 쓰다듬었다.

"언니가 되어 가지고, 사촌동생이 그런 어려움에 처한 것도 몰랐어요. 흑흑!"

재석은 뭐라고 위로라도 해야 할 것 같았다.

"보담아, 그래도 은미가 남에게 피해 준 건 없잖아."

그러자 김태용 소장이 말했다.

"음. 꼭 그렇지만도 않단다. 게임중독자들은 다른 게이머까지 함정에 끌어들이는 짓을 하니까."

"왜요? 게임하라고 억지로 시킨 것도 아닌데요."

"잠시 머리나 식히려고 게임에 들어온 친구들은 엄청난 땅과 성을 차지하고서 고급 아이템을 자랑하는 캐릭터에게 주눅이 들 수밖에 없지. 그럼 그 친구들은 상대적 박탈감에 나도 뭔가를 보여 줘야 한다는 압박을 느끼게 되는 거야. 게다가 현실에서는 무얼 해도 쉽게 성취할 수 없는데 게임은 하는 대로 조금씩 실력이 늘잖아. 적은 돈이라도 현질을 하면 강력한 무기와 좋은 자산도 확보할 수 있고. 결국 중독자는 다른 사람도 중독시키는 부정적인 롤모델이 되는 거야."

연구소 안에 잠시 정적이 흘렀다.

"아이들이 낮은 자존감이나 스트레스로 시달릴 때면 디지털 세상은 즉시 유혹의 손길을 뻗치지. 아이들은 스마트폰 어플만 있으면 완벽하게 다른 세상으로 도피할 수 있어. 직장인들도 과다한 업무에 지쳐서 집에 돌아오면 바로 게임의 세계로 들어가지. 아니, 집으로 돌아가는 지하철 전동차 안에서부터 쉬어야 할 두뇌와 시간을 투자해 게임에 빠지지."

"그건 우리나라가 인터넷이 너무 발달해서죠."

"하하, 그것도 사실이야. 인터넷은 수백만, 수천만 명의 사람들이 재빠르게 게임의 세계에 접속할 수 있게 해 준단다. 가상 결혼 게임에서는 자기 아내나 남편이 버젓이 살아 있는데 다른 사람을 만나 결혼하고 집도 사고 아이들도 키우고 사업도 하지."

"샘, 그것도 불륜이라고 할 수 있나요?"

고지식하고 법과 도덕에 민감한 보담이 흥분하며 물었다.

"글쎄? 애매하지. 불륜을 떠나 사람들이 가상 세계에 살면 그 안에 매몰되지 않겠니? 그러면 자연히 현실의 배우자, 현실의 가정에 충실하지 않게 되고 관계가 망가지겠지."

게임중독은 일종의 악순환이었다. 게임으로 현실 인식이 손상된 사람은 각고의 노력이 없으면 실제 세계에 적응하지 못하고 결국 다시 더 깊이 게임 세계로 들어가게 된다.

"게임에 돈 쓰는 게 전 제일 아깝던데요. 차라리 그 돈 모아서 비디오카메라 장비나 하나 더 사겠어요."

민성이 어처구니없다는 듯 말했다.

"저는 게임하는 시간이 아까워요. 얼마나 큰 손실이에요."

보담은 시간에 관심을 보였다.

김태용 소장의 설명에 의하면 최근 온라인 게임의 하루 평균 이용시간은 주중 1시간 30분 이상, 주말엔 2시간 30분 이상이라고 했다. 여기에 모바일 게임은 주중 1시간 18분, 주말에는 1시간 38분이라고 하니 두 게임을 번갈아 다 하는 사람은 하루 3시간에 가까운 시간을 게임에 쓰게 된다. 학생이나 직장인이 학교나 직장에서 매일 8~9시간을 공부와 업무에 쓴다면 잠을 자거나 식사를 하는 시간을 제외하면 나머지 시간은 거의 게임으로 보내는 거다. 운동이나 독서, TV 시청 등의 시간들이 잡식성 괴수 같은 게임에게 잡아먹혔다.

"사람들이 왜 이렇게 게임에 빠지는 걸까요? 조금만 생각해 보면 엄청난 시간 낭비라는 걸 알 텐데요. 그 시간에 돈을 벌면 큰돈을 얻을 수 있는데요."

"그 이유는 게임이 쉽게 성취감을 주기 때문이야. 또 다른 이유는 뭘까?"

"저는 친구를 사귈 수 있어서인 것 같아요."

사교성 좋은 향금이 말했다.

"그렇지. 사이버 세상에는 친구가 많지."

"하지만 그게 삶을 낭비하는 이유가 될 순 없다고 생각해."

보담이 단호하게 말했다.

"그래. 일단 중독이 되면 적당히 하기는 어려워. 술이나 마약, 게임 모두 일단 중독된 후에는 스스로 벗어나는 건 아주 어려운 일이라 반드시 전문적인 치료가 필요하단다."

결국 일 년에 수천 시간을 낭비시키면서 삶을 망가뜨리는 것이 게임중독의 위험성이다. 특히 청소년의 경우는 과도한 게임으로 미래까지 망가뜨리니 문제다. 청소년기의 한 시간은 노년의 한 시간과 다르다. 미래를 위해 투자하고 준비해야 하기에 청소년의 한 시간은 노년의 백 시간, 천 시간과 맞먹는다.

"선생님, 제가 은미의 말에 말문이 막히고 별로 해 줄 말이 없었는데 이제 좀 자신이 생겼어요."

"은미라는 학생이 뭐라고 했는데?"

"게임하는 게 다른 친구들과 어울려 축구나 야구를 하는 것이랑 다르지 않대요. 우정도 나누고 스트레스도 풀 수 있으니 정당하대요. 그런데 뭐라고 말을 못하겠더라고요."

"하하하! 그건 중독을 합리화시키는 거야. 하지만 그렇게 계속 가면 자신의 삶을 파괴하게 되지. 실제로 몸에 상처가 있어서 피가 나는데 치료를 받지 않고 게임을 하다 쓰러진 사람도 있어. 이건 모두 게임을 하면서 실제로 자신이 영웅이 되고, 부자가 되고, 연예인이나 스타가 된 것 같다는 착각을 해서 빠져나오지 못하기 때문이야. 게임에서 권력과 지배력을 느끼는 거지."

"아, 그렇게 얘기할 걸 그랬어요."

"게임이나 SNS는 엄청난 사회관계와 네트워크를 형성해 주는 장점이 있지. 그렇지만 그 깊이나 내용은 떨어질 수밖에 없어. 현실적인 만남은 게임이나 SNS보다 수십, 수백 배의 노력이 들고 에너지를 요구하고 시간도 많이 써야 해. 물론 돈도 들지."

"그래서 사람들은 가벼운 인스턴트 만남인 SNS를 좋아하나 봐요."

보담이 씁쓸한 얼굴로 말했다.

"그래도 아예 다른 사람과 교류를 하지 않는 것보다 낫잖아요?"

김 소장은 고개를 저었다.

"아니야. 직접적인 만남과 교류, 그리고 우정은 리얼이라 더욱더 가치와 의미가 있어. 축구 게임 백 번 해도 진짜 운동장에서 몸을 부딪치며 땀을 흘린 뒤 시원한 음료수 한 잔 같이 나눠 먹는 것과 비교할 수 없는 것과 같지."

재석은 그 말에 꽂혔다. 가짜는 진짜를 이길 수 없다. 은미를 가짜 세계에서 진짜의 세계로 돌아오게 해야만 한다.

희망의 생일파티

    재석과 민성 그리고 재현은 강남역 2번 출구로 나섰다. 토요일 오후 사람들의 물결로 강남역은 발 디딜 틈이 없었다.
    "아유, 이렇게 복잡한 곳은 딱 질색이야!"
    재현이 툴툴거렸다.
    "조금만 참아. 좋은 일 한다고 생각해라."
    민성이 재현의 등을 두들겼다.
    오늘은 은미의 생일이다. 일주일 전부터 보담은 은미를 즐겁게 해 주고 싶어 했다. 게임중독 치료를 받는 은미는 우울한 나날을 보내고 있었다. 맥이 풀려서 집에서는 잠만 자는

은미를 보던 보담은 은미의 생일이 다가오자 깜짝 이벤트를
해 주기로 마음먹었다.

"재석아, 은미가 기운을 내도록 즐겁게 해 주고 싶어. 다음
주가 은미 생일인데, 우리가 파티를 열어 주자."

안 그래도 소설 쓰느라 스트레스가 쌓여 있던 재석으로서
도 싫다고 할 이유가 없었다.

"보담아, 그거 아주 좋은 생각인데?"

"그러면 민성이하고 향금이도 시간 비우라고 할게. 내가 피
자집은 예약해 놓았어. 그날 학교 끝나면 우리가 늘 가던 피
자집으로 와. 그런데 은미를 데리고 나올 일이 걱정이야."

"나도 설득해 볼게."

"알았어. 우리 둘이 말하면 은미도 들을 거야."

그 순간 재석은 좋은 아이디어가 떠올랐다.

"맞다! 지난번 얘기했던 우리 반 재현이도 초대하자."

"낯선 애를 보면 은미가 꺼리지 않을까?"

"내 생각에는 재현이가 지금 게임 회사 인턴으로 다니고 있
으니까 은미가 흥미를 보일 거야. 게임에 대한 집착을 주변
분야에 대한 관심으로 돌릴 수도 있잖아."

"그거 나쁘지 않네? 은미가 관심을 보이면 좋겠다. 은미에
게 도움 줄 것도 많겠어."

"그렇지? 내가 생일날 꼭 데리고 가 볼게."

다음 날 재석은 재현을 설득하느라 진땀깨나 흘렸다.

"안 가. 내가 너네 애들 패거리 모임에 왜 가냐?"

"야, 좋은 일 하는 셈 치고 가자. 너 그리고 내 여자 친구 보고 싶다며? 보담이 말이야."

그 대목에서 재현은 살짝 흔들렸다.

"내가 소개도 해 줄게. 보담이네 학교 금안여고에 예쁜 애들 많아. 혹시 아냐, 보담이가 여친 한 명 소개해 줄지?"

하지만 이내 재현은 고개를 저었다.

"야, 게임 개발을 하고 있는데 어떻게 여자애를 만나냐?"

"왜? 여자애를 만나는 게 어때서?"

"만나면 먹을 것도 사 줘야 하고 같이 영화도 봐야 하고. 아으, 난 못할 거 같아. 나 관심 없다. 너희끼리 가서 생쑈해라."

"은미라는 애가 게임 끊으려고 노력하는데 우리가 좀 위로해 주자. 너도 도와줘라."

옆에 있던 민성까지 나섰다.

"아, 너희 참 끈질기다. 저번에 내가 인터뷰도 해 줬잖아. 게임중독은 주변에서 도와주는 걸로는 치료가 잘 안 되는 병이야, 병! 치료하려면 병원에 가야 해."

"이미 병원에 다니고 있어. 걔가 아버지 돈으로 그리니치 게임에서 성까지 산 애 아니냐."

"그런 똘기 있는 애 만나 봐야 나는 해 줄 말이 없어. 그리니치에서 성주가 된다는 게 얼마나 엄청난 일인데."

"야, 걔가 세라자데라는 아이디로 게임을 하는데 성주가 된 다음에 엄청나게 존경을 받았대. 걔네 왕국에 기사만 수천 명이고, 농노는 수십만 명이래. 그런 애는 아무나 채팅을 해 주는 것도 아니래."

그 순간 재현이 눈을 반짝였다.

"뭐라구? 세라자데?"

"응."

"정말 세라자데가 보담이 사촌동생이야?"

재현의 눈빛이 달라진 것을 보며 재석은 뭔가 있다고 생각했다.

"너도 아는 애냐?"

"오 마이 갓! 내가 걔를 한번 꺾어 보는 게 소원이었는데 이렇게 가까운 곳에 있었다니."

"그래? 너도 아는구나."

"세라자데는 그리니치에서는 완전히 신화적 존재야. 어느 날 갑자기 성을 사서 닥치는 대로 주변 기사들과 농노들을 끌어모은 애였어. 우리들끼리는 '무식이'라고 불렀어."

"왜? 그렇게 무식하게 게임을 하냐?"

"아니, 밥도 먹지 않고 게임하는 애라고. 없을 무(無)자에 먹을 식(食)자. 쉬지 않고 게임한다고 무식이기도 해. 없을 무, 쉴 식(息)자."

그 이야기를 듣자 재석과 민성은 할 말이 없어졌다.

"재석아, 나도 생일파티에 갈게. 가서 세라자데를 한번 만나 봐야겠다."

"너 호기심에 만나러 가는 거면 곤란해."

"아, 알았어. 가서 좋게 멘토링해 줄게."

그렇게 해서 재현도 은미의 생일파티에 오게 된 것이다. 강남역 뒷골목으로 들어가자 사람들이 더 많았다.

"저기야, 저기."

보담과 향금이 자주 가는 피자집은 수제 화로 피자집이었다. 이탈리아인 셰프가 운영한다는 그 집은 보담이네 가족이 단골이어서 잘 알았다. 재석 일행이 피자집에 들어가자 미리 와 있던 보담과 향금이 손을 흔들었다. 그 옆에는 은미가 앉아 있었다.

"재석아, 여기야!"

재현은 보담을 보는 순간 얼어붙었다. 그 많은 사람들 가운데서 보담의 미모가 단연 눈에 띄었기 때문이다. 피자를 먹고 있던 청년들이나 대학생들도 힐끔힐끔 보담을 훔쳐보았다.

"어서 와. 오는 데 힘들었지?"

보담이 상냥하게 말했다.

"보담아, 여기 내 친구 재현이야."

"안녕하세요?"

"아, 안녕하세요?"

재현이 당황하여 머뭇거렸다.

"보담아, 재현이가 널 한번 보고 싶다 그래서 데려왔어."

눈을 찡긋하며 재석은 보담에게 재현을 소개했다.

"야! 내가 언제……."

쑥스러운지 재현이 얼굴을 붉히며 재석의 어깨를 쳤다.

"야, 이 녀석, 부끄러워할 줄도 아네. 하하하!"

여섯 아이는 둘러앉자 서로 인사를 했다. 청바지에 청재킷을 걸치고 나온 은미는 고개를 푹 숙인 채 곁눈질로만 주변을 살폈다. 어색한 분위기를 깨려면 바로 본론으로 들어가는 게 직효라는 것을 재석은 잘 알았다.

"은미야, 재현이가 너를 안다고 하더라. 너랑 같이 그리니치 게임했었대."

그 순간 은미의 눈빛에 광채가 뿜어져 나왔다. 쭈그러져 있던 어깨가 펴지면서 고개를 들었다.

"정말요?"

"재현아, 너는 아이디가 뭐야?"

민성이 옆에서 나섰다. 재현이 직접 인사를 건넸다.

"반가워, 세라자데 님. 나는 블랙호스야. 내가 오빠니까 말 놔도 되지?"

"어머, 블랙호스 님?"

은미의 반응에 보담이 깜짝 놀랐다.

"둘이 아는 사이였어?"

"응. 게임에서 아는 사이래."

"어머, 정말 신기하다."

은미는 거구의 재현을 반가운 눈빛으로 바라보며 말했다.

"그때 그 성을 우리가 반쯤 무너뜨렸을 때 퍼부으신 울트라 공성신공은 정말 대단한 거임."

"그랬어? 내가 가진 전투력 에너지를 거의 다 쓴 거였어."

"그런 전략을 쓸 줄은 정말 몰랐음."

"하하. 나는 세라자데는 삼십대 직딩 노처녀인 줄 알았어. 성을 한방에 사서 절대 강자로 군림하려고 결혼자금을 다 털어 넣었다는 소문도 게이머들 사이에서 있었거든."

"호호호!"

은미가 소리 내어 웃는 것을 처음 본 재석 일행은 모두 놀랐다. 향금이 민성에게 소곤대며 말했다.

"쟤네들 오래 전부터 알고 지내던 사람들 같아."

"그러게 말이야."

그때 재석이 가볍게 두 번 손뼉을 쳤다.

"자자, 게임 얘긴 그만하고, 일단 생일 축하부터 해야지."

종업원들이 케이크를 들고 와 축하노래를 불러 주었다. 노래가 끝나자 박수와 폭죽 소리와 함께 빨간 케이크에 꽂은 초를 은미가 후 불어 껐다.

"호호호!"

은미는 함박웃음을 지으며 즐거워했다. 검은 유니폼을 입은 알바생이 우쿨렐레를 치며 축하송을 불렀다. 곡명은 〈오즈의 마법사〉에 나오는 〈섬웨어 오버 더 레인보우〉였다.

Somewhere over the rainbow, way up high, there's a land that I heard of once in a lullaby.
무지개 너머 어딘가 아주 높은 곳에, 자장가에서 들었을 법한 나라가 있어요.

Somewhere over the rainbow, skies are blue.
무지개 너머 어딘가의 하늘은 파랗고요.

and the dreams that you dare to dream really do come true.

그리고 당신의 꿈들이 정말로 이루어져요.

Someday I'll wish upon a star and wake up where the clouds are far behind me.

언젠가 난 별에게 소원을 빌고 저 멀리 구름 나라에서 잠을 깨겠죠.

Where troubles melt like lemon drops

걱정거리가 레몬즙처럼 날아가 버리는 그곳

Away above the chimney tops, that's where you'll find me.

굴뚝 위로 저 먼 그곳에서 당신은 나를 찾으세요.

Somewhere over the rainbow, bluebirds fly.

무지개 너머 어딘가에 파랑새들이 날아다녀요.

Birds fly over the rainbow. Why then, oh why can't I?

새들도 무지개 너머 날아다니니 나도 할 수 있겠죠?

If happy little bluebirds fly beyond the rainbow, why, oh why can't I?

행복한 어린 파랑새들처럼 나도 무지개 너머로 날아다닐 수 있을 거예요.

알바생의 노래가 끝나자 주변 사람들이 모두 박수를 쳐 주었다. 노래 속의 파랑새가 눈앞의 은미 같아 재석은 공교롭다는 생각이 들었다. 분위기가 달아오르자 은미는 얼굴이 발그레해졌다. 그때 테이블 밑으로 보담이 재석의 손을 살포시 잡았다. 고마운 마음의 표현이었다. 재석은 어깨에 힘이 들어가며 으쓱해졌다.

그날 여섯 사람은 즐겁게 대화를 나누며 맛있는 피자를 배터지게 먹었다.

"야, 오늘 돈 많이 나왔겠는데."

"걱정하지 마. 할아버지가 오늘 실컷 쓰라고 카드 주셨어."

부라퀴가 준 백금색 신용카드를 보담이 내보였다.

"와, 오늘 더 먹자! 더 먹어!"

민성이 이미 볼록해진 배를 두들기며 말했다.

"우리 노래방 가자, 노래방!"

향금이 팔짝팔짝 뛰며 끼어들었다.

"그래, 2차는 노래방이다."

피자집에서도 노래방에서도 민성은 동영상을 찍는 데 여념이 없었다. 은미와 재현도 돌아가며 여느 십대들처럼 아이돌그룹의 노래를 부르고 춤으로 분위기를 달궜다. 땀이 뻘뻘 나도록 웃으며 춤추는 은미를 보자 재석도 보람이 있었다. 거구의 재현이 마지막 곡으로 어울리지 않게 슬픈 발라드를 애절하게 불러서 배꼽을 잡게 했다.

노래방까지 다녀오고도 헤어지기 섭섭해 여섯 아이들은 편의점으로 들어갔다. 각자 시원한 음료수를 마시며 차분해진 심정으로 이야기를 나누었다.

"은미야, 언니 친구들 참 좋지?"

보담의 물음에 은미는 고개를 끄덕였다.

"보담이 언니가 부러움. 이렇게 좋은 친구들이 있으면 나도 게임 안 했을 거임."

이번에는 재현이 한마디 했다.

"나도 마찬가지야. 재석이나 민성이 같은 친구를 진작 알았다면 나도 게임보다는 같이 어울려 활기차게 놀았을 거야."

옆에 있던 민성이 면박을 주었다.

"야, 중학교 때 우리랑 만났으면 너는 일진에 들어오거나 우리한테 삥 뜯겼어, 인마."

"아, 그런가? 하하하!"

재석이 웃으며 말했다.

"야, 그래도 몸을 쓰고 활동한 덕에 나는 게임에 빠지진 않았어."

"그래, 실제로 몸을 많이 쓰는 애들은 게임에 중독이 잘 안돼. 그런데 나처럼 몸 쓰기 싫어하고 외로우면서 게으른 아이들이 게임에 빠지지. 은미도 마찬가지지?"

"맞음."

"아, 은미라 그러면 안 되지. 세라자데 님도 마찬가지죠?"

"네에? 호호호!"

은미가 어깨를 으쓱하며 웃었다. 하지만 그때 주책없이 향금이 말했다.

"그나저나 어떡하니? 은미네 아버님이 집 전세금 올려주려고 놔둔 거였다며?"

그 순간 은미가 고개를 푹 숙였다.

"그건 또 무슨 소리야?"

재석은 금시초문이라 되물었다. 보담이 우울한 얼굴로 재석을 살짝 저만치 데리고 나가 속삭였다.

"외삼촌이 숙모 보험 보상금으로 아파트 전세금을 올려 줄 계획이었나 봐. 그런데 은미가 저렇게 된 거지."

"저런."

그때 재현이 말했다.

"그 돈을 되찾을 방법을 찾아보자."

"어떻게?"

아이들이 모두 고개를 들어 재현을 쳐다보았다. 물에 빠진 사람이 지푸라기라도 건지려는 심정이었다.

"게임을 하면서 현질한 거니까 게임 회사에다 돈을 돌려 달라고 부탁해 볼 수 있지 않을까? 어차피 회사에서는 있는 물건을 판 게 아니잖아. 디지털 세상의 성이었으니까."

"야, 그러면 다른 애들도 다 돌려 달라 그러게?"

"맞아. 게임에 가입할 때 정관 같은 거 깨알같이 써 있잖아.

그 안에다 안 된다고 써 놨겠지. 대부분 읽어 보지도 않고 동의하지만."

"하긴 그래. 하지만……."

재현이 재석과 민성의 반론에 머뭇거리며 말했다.

"내가 다녀 보니까 게임 회사들이 제일 두려워하는 게 평판이야."

"평판?"

"그래. 소문이 안 좋게 나는 걸 되게 두려워해."

재현의 이야기를 들어 보니 그럴듯했다. 대개 게임 회사들은 벤처기업이기에 회원 수가 늘어나며 회원들이 많은 시간 게임을 하는 것이 중요했다. 그래서 중독성을 심어 놓는 것이다. 그런 뒤에 거금의 투자를 받아야 회사가 성장하고 주식을 발행해야 게임 회사를 만든 자들이 큰돈을 거머쥘 수 있기 때문이다.

그런 게임 회사가 사회로부터 지탄을 받고 있는 것도 그들은 이미 알고 있었다. 기부를 많이 하지 않는다든가 아직 판단력이 확실하게 서지 않은 청소년들을 중독에 빠뜨린다든가 하는 것이 모두 그것이었다.

"야, 얼마 전에 어린이 재활병원에 게임 회사가 돈을 몇백억 내 가지고 병원 짓게 해 줬잖아. 그거 단순히 좋은 일을 하고, 사회에 기부하려고 주는 것만은 아니야."

"그럼 뭔데?"

"회사 이미지를 좋게 하려는 거지. 그리고 회사 이름을 병원에다 달게 하잖아. 사람들에게 이 회사가 이렇게 좋은 일을 한다는 걸 알리는 광고 효과가 있는 거거든."

"아, 그렇게 깊은 뜻이 있어?"

"특히 그리니치를 운영하는 힙합소프트는 애들 평판에 엄청 민감해."

"그래?"

"인터넷 댓글에다가 뭐가 불편하다고 남기기만 해도 금방 고쳐 주고 의견 반영한다고. 답글도 바로 달아 주고, 문화상품권도 팍팍 보내 주고 그래."

"그래서 어떻게 하면 좋겠니?"

역시 이성적인 보담이 핵심을 찌르는 질문을 했다.

"그리니치 게임 커뮤니티에 글을 올리는 건 어때? 이런 일이 있는데 게임을 만든 힙합소프트에서 도와주면 좋겠다고. 우리가 글을 올리면 분명히 반응이 올 거야. 혹시 아냐? 그쪽에서 얼마라도 돌려줄지."

재석과 보담 그리고 민성과 향금은 서로의 얼굴을 보았다.

"그래, 그럼 우리 한번 해 보자."

이번에도 실행력 강한 보담이 즉각적인 반응을 보였다.

"내가 은미 상황을 정리해 볼게. 재석아, 도와줄 거지? 힙합 소프트 게시판에다가 융단폭격을 해 버리자."

"융단폭격? 우와, 정말 보기와는 다르게 터프하네. 그 표현 좋다. 내 게임 스토리에 써먹어야지."

재현이 반했다는 듯이 보담을 쳐다보았다.

"야야, 내 친구거든?"

재석이 빙긋 웃으면서도 은근히 막아섰다.

"누가 뭐래냐?"

"우리 앞으로 친하게 지내면 어때?"

보담이 웃으며 재현에게 물었다.

"아, 그럼 영광이지."

"어머어머! 재석아, 보담이 이래도 되는 거니?"

향금이 과장하면서 재석을 놀렸지만, 재석은 그래도 여유가 있었다.

"하하! 괜찮아. 다 같이 친구로 만나지, 뭐."

"너, 질투 안 하는 거야?"

"질투는 무슨."

이번에는 재석의 얼굴이 붉어졌다. 재현이 놀라운 사실을 알았다는 듯 한마디 했다.

"지금 보니까 재석이는 딜러고, 보담이가 탱커, 향금이와 민성이는 힐러인 것 같아."

"무슨 소리야?"

"재석이가 행동대장, 보담이가 리더, 향금이와 민성이가 귀요미라는 뜻이야."

아이들은 힙합소프트의 게시판에 은미의 사정을 알리고, 힙합소프트가 도와줄 수 있는지 묻는 글을 그리니치 커뮤니티 게시판에도 올려 보기로 했다. 그나마 해 볼 수 있는 일이었다.

"그럼 우리 내일부터 실행에 들어가는 거야. 파이팅 한번 하자!"

"그래. 하나 둘 셋!"

"파이팅!"

마지막 남은 음료수를 들어 원샷하고 아이들은 헤어졌다. 집에 돌아오는 길에 재석은 조금이나마 해결책을 찾을 가능성이 생겼다는 것에 안도했다. 어떻게 글을 써서 올릴까를 생각하니 가슴부터 설레었다.

변정식 변호사

"야, 변호사 중에서도 게임 좋아하는 사람이 있지 않을까?"

민성이 엉뚱한 소리를 했다.

"변호사들은 공부만 했을 텐데 무슨 게임이야?"

"아니야. 게임으로 스트레스를 풀고 또 공부할 수 있잖아. 내가 옛날에 무슨 잡지 읽어 봤는데 변호사 중에 바둑이나 낚시, 스카이다이빙 이런 거 좋아하는 사람도 있었어."

듣고 보니 그럴 법했다. 재석은 고개를 끄덕였다.

"그래서 어쩌자고?"

"게임을 이해해 줄 수 있는 변호사를 찾으면 은미네 돈을 조금이라도 되찾는 데에 도움이 될 것 같아."

하지만 검색해 보니 그런 사건을 맡아 줄 것 같은 변호사는 없어 보였다. 상담비를 책정한 곳도 많았다. 무엇보다 문제는 게임을 이해해 주는 변호사가 있을지 의문이었다.

"그렇긴 한데 게임에 대해 잘 아는 변호사를 어디 가서 찾아야 하나?"

"법원 앞에도 PC방 있지 않을까?"

"그러면 어디 한번 검색해 보자."

민성은 스마트폰으로 법원 부근을 검색해 보았다. 놀랍게도 법원에서 가까운 곳에 서울교육대학이 있었다. 대학생들이 있다면 PC방도 반드시 있을 거라는 생각이 들었다.

"와, 엄청 많아."

"아무 데나 일단 가 보자."

그렇게 해서 두 아이는 금쪽같은 개교기념일 휴일을 변호사를 찾는 데 쓰기로 했다. 이들이 이렇게 나선 것은 그전의 작전이 효과가 없었기 때문이다.

댓글 작전이 펼쳐지자 힙합소프트 게시판은 난리가 났다. 재석의 학교 친구들과 보담의 학교 친구들이 게시판에 은미의 사연과 도움을 받을 방법이 없겠냐는 글을 올렸고, 게임 유저들이 수많은 댓글을 달았던 것이다.

– 철없는 중학생이 머무를 곳이 없이 쫓겨나게 되었습니다. 힙합
  소프트는 미성년자 아이들을 게임중독에 빠뜨려 과도하게 돈을
  쓰게 했으니 그 돈을 돌려주세요. (푸른잉크)
– 게임중독은 나빠요. 아이들까지 무분별하게 중독시켜 돈 버는
  힙합소프트는 물러가라! (코코넛)
– 힙합소프트 돈 안 돌려주면 불매운동할 겁니다. (으깬감자)

하지만 정작 힙합소프트 측의 답은 지극히 사무적이고 냉
랭했다.

딱한 사정은 저희도 매우 안타깝게 생각합니다. 그렇지만 회사 규
정상 로그인할 때 당사자가 분명히 모든 책임을 지겠다고 약속한
사항(17조 8항)이 있습니다. 본 규정에 의하여 저희들은 모든 민
사·형사상의 책임이 없으며 이 문제를 해결해야 될 의무도 없음
을 알려 드립니다.
앞으로 이용 약관을 잘 살피셔서 저희 힙합소프트를 더욱 사랑해
주시기 바랍니다.
감사합니다.

매끄럽게 빠져나가는 힙합소프트의 답글에 아이들은 실망
하고 말았다.
"야, 이거 1인 시위라도 해야 되는 거 아니냐?"

재석과 민성이 망연자실하고 있을 때 부라퀴에게서 문자 한 통이 날아왔다.

재석아, 은미 일 신경 써 줘서 고맙다.
보담이에게 다 들었다.
하지만 그 일은 은미네 가족이 스스로 해결할 일이니
너는 공부에 매진하거라.
법적 대처가 필요한 일이니
너는 나서지 말아라.
고등학생이 해결할 수는 없다.

'법적 대처'라는 글자에 재석은 맥이 탁 풀렸다. 하지만 민성은 달랐다.

"왜, 고등학생이 뭐?"

"우리는 미성년자잖아."

"고등학생도 법의 힘을 빌릴 수 있어. 내가 얼마 전에 다큐멘터리 찍으려고 봤던 기사에 고교생이 생활기록부 수정해 달라고 소송 건 것도 있었어."

민성은 스마트폰으로 기사를 보여 주었다.

담임교사가 기술한 학생생활기록부의 내용을 고쳐 달라고 소송을 제기한 여고생이 있다. 소송 대상자는 학교장. 제목은 '생활기록부 정정거부 처분 취소' 소송이다. 내용은 담임교사가 쓴 학생생활기록부 내용이 맘에 들지 않는다고 이의를 제기한 것이다. 물론 이는 대학 입시에서 불이익을 당할 우려가 있다는 전제에서이다.

"이런, 학생이 학교를 상대로 소송을 제기하다니."

"그러게 말야. 이걸 보면 문제가 있다고 느낀다면 우리가 바로잡기 위해 얼마든지 노력할 수 있는 거야."

"아무거나 막무가내로 그럴 수 있냐? 서류에 사인하고 그런 건 안 되잖아?"

"야, 그럼 '날 죽여도 책임 없음'이라고 쓴 각서 받고 사람 죽여도 되냐?"

"그건 아니지."

"그러니까 우리도 얼마든지 게임 회사에 문제 제기를 할 수 있어. 판단은 판사가 하는 거야."

여고생의 소송에서 재판부는 담임교사가 악의적으로 기록한 건 아니라고 판단한 뒤 "대학 입시에서의 불이익을 우려로 무분별한 정정을 허용한다면 담임교사가 학생의 단점을 소신껏 기재하지 못해 신뢰도와 판단 자료의 가치를 상실할 수 있다"고 밝혔다.

"그렇게 생각할 수도 있네."

"비록 생활기록부 사건은 여학생이 졌지만 이렇게 우리 삶에서 당연하다고 여긴 걸 아닐 수도 있다고 생각해 보는 건 중요해. 밑져야 본전이니까 한번 부딪쳐 보자구."

재석이 고개를 끄덕이자 민성은 더욱 적극적으로 나섰다. 그래서 이들은 변호사를 찾아 서초동을 방황하게 된 것이다.

2호선 교대역까지는 재석의 동네에서 30분 정도 걸렸다. 모르는 곳에 가면 일단 무조건 1번 출구로 나가는 거다. 둘이 지상으로 올라와 건물들 사이로 들어가자 바로 눈앞의 코너 건물 3층에 PC방이 있었다. 벽면에 신기종 180대가 들어왔다고 현수막이 걸려 있는 게 보였다.

"우와! 180대?"

"어마무시하다."

서둘러 계단을 올라가 PC방 안으로 들어가니 평일 대낮인데도 빈자리를 찾기 힘들 정도로 사람들이 그득 들어앉아 게임을 하는 중이었다. 강남이어서인지 인테리어나 규모가 엄청났다. 카운터는 카페 주문대를 겸하고 있었다. 벽면 높이 각종 음료 메뉴가 붙어 있었고, 대형 화면이 실내 곳곳을 찍은 CCTV 화면을 쏟아 내고 있었다. 음료수가 가득 든 업소용 투명 유리문의 냉장고가 환하게 빛을 발했다.

"그런데 여기서 어떻게 변호사를 찾냐?"

"그러게. 이마에 변호사라고 써 붙인 것도 아니고."

"사람들한테 일일이 혹시 변호사이신가요, 하고 물을 수도 없고."

두 아이가 기웃거리자 카운터에 있던 알바생이 물었다.

"이용하실 거예요?"

"아, 아니요. 사람 좀 찾으러 왔어요."

영혼 없는 무심한 눈빛의 알바생은 다시 카운터 책상으로 시선을 고정시켰다.

"야, 변호사처럼 생긴 사람 있나 좀 봐 봐."

"모르겠어. 다 변호사같이 생겼어."

점심시간을 이용해 직장인들이 스트레스를 풀려고 와 있는지 온통 양복 입고 넥타이 맨 사람들과 대학생뿐이었다.

"어쩌냐?"

"그러게 말이야."

여기까지 왔는데 이대로 돌아갈 수는 없었다. 안 되면 되게 해야 한다. 재석이 민성에게 다급하게 말했다.

"종이 좀 꺼내 봐."

민성이 가방에서 노트를 꺼내자 재석은 한 장 뜯어 뭐라고 끄적였다. 네임펜으로 쓴 내용은 이러했다.

게임하시는 중에 죄송합니다!

혹시 변호사님이세요?

도움이 필요해서요.

"이걸 들고 다니면서 사람들에게 살짝살짝 물어보자."

"게임에 집중해 있는데 봐 줄까?"

"일단 해 보는 거지 뭐. 얼굴에 철판 깔아."

재석과 민성은 가까운 데 줄부터 통로를 지나가며 정장을 입은 어른들에게 쪽지를 보여 주었다. 쳐다보지도 않는 사람들이 있는가 하면 힐끗 보고 고개를 젓는 사람도 있었다. 한 줄을 다 지나갔는데 변호사라고 말하는 사람이 없었다.

"아, 이런. 변호사들은 이런 데 안 오나 봐."

"아직 많이 남았잖아. 컴퓨터가 180대나 있다는데 뭐. 다 붙어 봐야지."

이런 면에선 재석이 끈질겼다.

"알았어. 해 보자."

다시 그 종이를 들고 조용히 옆 통로를 지나갔다. 힐끗 쳐다보는 사람도 있었고, 노려보는 사람도 있었고, 무시하는 사람도 있었다. 하지만 둘은 최선을 다했다. 어느새 마지막 줄만 남았다.

'이제 그만 포기해야 하나?'

그때 재석은 고청강 작가가 강연 와서 학생들에게 했던 말
이 생각났다.

이 세상에 없는 게 세 가지가 있다. 아니, 네 가지가 있지. 공짜가
없고, 불가능이 없고, 포기가 없다. 그리고 쉬운 일이 없지.

'맞아. 쉬운 일이 어디 있어. 끝까지 해 보자.'

민성이 뒤따르고 재석이 앞장서 마지막 줄을 돌며 한 사람
씩 종이를 보여 줄 때였다. 삼십대로 보이는 남자가 재석의
종이를 보더니 명품인 슈어 헤드폰을 벗으며 말했다.

"제가 변호사이긴 한데, 무슨 일 있어요?"

"아, 변호사님이세요?"

재석은 반가워하며 변호사라는 사람의 위아래를 훑어보았
다. 무릎이 튀어나온 트레이닝 바지에 허름한 점퍼, 차림새가
그다지 변호사 같지 않았다. 눈치를 챘는지 변호사가 말했다.

"아, 복장이 좀 그렇지요? 개인적으로 밖에 나올 땐 이렇게
입어요. 그나저나 무슨 일이에요?"

"잠시 상담 좀 하고 싶어서요."

"아, 그래요? 무슨 일인지 궁금하긴 하군요. 그런데 이 게임

좀 끝내고 갑시다. 잠깐만 기다려 줄래요?"

"네, 알겠습니다."

잠시 후 남자가 재석과 민성에게 다가왔다.

"2층에 카페가 있으니까 밑으로 내려갈까요?"

"네."

카페에 내려가 두 아이가 음료수 살 돈이 없어 머뭇거리자 변호사가 웃으며 말했다.

"마실 것은 내가 사 줄게요. 뭐 마실래요?"

"오렌지주스면 됩니다."

"저, 저도요."

재석과 민성이 동시에 말했다.

"잠깐 사무실에 좀 갔다 올게요."

변호사는 주문과 계산을 마친 뒤 무선 호출기를 재석에게 맡기고 자리를 비웠다.

"사무실이 이 건물인가?"

"그런가 보지?"

정확히 2분 만에 변호사는 다시 모습을 드러냈다. 놀랍게도 양복을 입고 넥타이까지 맨 상태였다. 두 아이는 보고도 믿기지 않았다. 넥타이 매기에도 빠듯한 시간이었기 때문이다.

"와!"

두 아이가 입을 벌리자 변호사는 웃으며 말했다.

"일할 때는 복장을 바꿔요."

주스와 아메리카노 커피를 마주하고 앉아 변호사는 두 아이에게 물었다.

"보아 하니 고등학생 같은데 왜 변호사를 찾죠? 혹시 학교폭력이나 왕따 뭐 이런 건가요? 그런 건 학폭 전문 변호사가 있는데."

"아, 저희들 문제는 그게 아니고요."

재석이 머뭇거리며 말문을 열자 변호사가 잊었다는 듯 말했다.

"아참, 내 정신 좀 봐. 명함도 안 줬네."

그가 꺼내 건네준 명함에는 사진까지 박혀 있었다.

법무법인 로우촌
변호사 변정식

"풋! 변 변호사님?"

민성이 경망스럽게 웃었다.

"하하. 변호사 성씨가 변 씨라서 재미있나 보군요."

"아, 아닙니다."

"괜찮아요. 그래서 사람들이 나를 변변이라고 불러요. 변변치 못한 것도 있고, 변호사들끼리는 성을 붙여서 그렇게 부르거든요."

"하하! 재밌어요."

"성만 봐도 내가 변호사가 될 팔자인가 봐요. 그래, 이제 무슨 일인지 나한테 말해 보겠어요?"

재석은 민성과 함께 이곳에 오게 된 이유를 자세하게 말했다. 현재 은미가 게임중독으로 치료를 받고 있으며 현질로 인해 집안이 어려워졌다는 이야기를 변변은 고개를 끄덕이며 심각하게 들었다. 가끔 스마트폰에 문자를 찍듯이 메모도 했다. 이야기가 다 끝나자 변변은 몇 가지를 더 물었다.

"정말 상상하기 어려운 일이 벌어졌네요. 이게 다 사실이란 거죠? 거액을 들여 성을 구매했고요?"

"네. 그래서 은미 아버지는 쓰러지셨고요. 다행히 지금 회복 중이세요. 그 회사 홈페이지에 은미의 상황과 도와 달라는 글을 올렸더니 회사에서는 약정 얘기를 하면서 안 된다고 그러더라구요."

"말도 안 된다는 듯이 말하더라구요. 어떻게 하면 돈을 돌려받을 수 있을까요?"

민성도 끼어들었다.

"친구들이 소송을 하라는데 저희는 소송이 뭔지도 잘 몰라요. 그런데 은미네는 지금 길바닥에 나앉게 생겼어요. 그 돈이 전세 비용이었거든요."

번갈아 열변을 토한 재석과 민성의 이야기를 다 들은 변변이 입을 열었다.

"친구 일은 참 안됐습니다. 판단력이 부족하고 합리적인 사고를 하기가 어려운 중학생이 그렇게 거액의 돈을 쓰도록 만든 건 이 사회의 큰 문제라고 생각합니다. 저도 게임을 하지만 게임이 가진 중독성은 청소년들이 쉽게 이겨 내기 힘들죠. 그러한 상황에서 게임에 중독된 여중생의 고통을 남의 일이라고 생각하지 않고 이렇게 발 벗고 나서 주는 오빠들이 있어서 그 여학생은 참 행복하겠어요."

변변의 말을 듣자 아이들은 용기가 났다.

"변호사님이 그렇게 위로해 주시니 힘이 나요."

"게임 회사가 분명 어린 학생이 큰돈을 쓰면서 아이템을 취득했다면 문제가 있다고 판단해야 하는데 그러한 판단의 책임을 다하지 않은 것 같아요. 사용자가 수용한 규약에 의해서 처리한다고 하지만 잘못된 계약이라면 고쳐야 하지요."

"그게 가능해요?"

"이건 참 흥미로운 케이스입니다. 내가 학생들과 함께 방법을 찾아볼 수 있을 것 같아요."

천군만마를 얻은 것 같았다. 재석은 서광이 비친다고 생각했다. 그때 민성이 물었다.

"혹시 변호사 비용이 비싸다던데 얼마나 하나요?"

재석은 대뜸 돈부터 물어보는 민성이 낯부끄러웠다. 하지만 그게 문제였는데 시원하게 터놓고 시작하는 것도 괜찮겠다는 생각이 들었다.

"하하! 변호사 비용은 정말 사건을 맡았을 때 이야기하면 돼요."

"그래도 돈이 없으니까 어떻게 해야 될지 미리 알면 좋을 것 같아요."

민성이 이럴 땐 또 집요했다.

"변호사 비용은 대략 300만 원 안팎인데 사안에 따라서는 할인도 되고 더 비싸게도 받아요."

"아, 네."

민성은 놀라서 입이 딱 벌어졌다. 변호사 비용을 어떻게 마련해야 하나 걱정하는 표정이어서 재석이 얼른 쥐어박았다.

"야, 변호사님 말씀 좀 들어 봐."

"아, 알았어."

"모든 소송은 승산이 있을 때 하는 것이거든요. 다짜고짜 소송부터 하자고 하는 게 아니에요. 학생들도 먼저 게임 회사에 친구 사정을 정식으로 얘기하고 돈을 돌려받으면 좋겠다, 그렇게 해 보고 싶다는 거 아닌가요?"

"네."

"그럼 먼저 그런 내용을 잘 적어서 편지를 보내야 해요."

"우리 같은 고딩들이 보낸 편지라고 막 무시하면 어떻게 하죠? 인터넷 홈페이지에 올렸는데도 개무시했어요."

변변은 별거 아니라는 듯 웃으며 말했다.

"걱정하지 마요. 그럴 때 쓰는 게 내용증명이라는 편지예요."

변변은 내용증명에 대해서 설명해 주었다.

내용증명은 개인이나 단체 등이 계약을 지켰나 안 지켰나, 손해를 봤나 안 봤나 하는 것을 문서화하는 것이다. 그래서 대개 손해배상 청구나 계약해지 통보 등에 쓰인다. 그렇지만 내용증명을 보냈다고 해도 그 자체로서는 직접적인 법률적 효력이 발생하지 않는다.

"아, 그렇군요."

재석이 간단한 설명에 알겠다는 듯 고개를 끄덕였다.

"내용증명을 보내면 돈을 주나요?"

민성이 직설적으로 물었다.

"하하, 그러면 좋죠. 하지만 대개는 쉽게 응하지 않아요."

"그러면 어떻게 해요?"

"내용증명 편지가 오면 회사는 답장을 하게 되어 있어요. 그 답장을 보고 다시 반론을 하고 대화를 시도하는 거죠. 몇 번의 내용증명이 왔다 갔다 한 다음에 도저히 대화로 안 풀리면 그때 소송에 들어가는 거고요."

그렇게 이것저것 법률에 관해 물어본 뒤 재석과 민성은 서둘러 자리에서 일어났다. 변변의 스마트폰으로 전화가 계속 왔기 때문이다.

"내용증명 써서 한번 보내 드리면 봐 주실 수 있나요?"

"네. 한번 써 봐요, 논리적으로. 내가 보고 판단해 줄게요."

"감사합니다."

두 아이는 고개 숙여 인사를 하고 카페를 나왔다.

이제 할 일은 내용증명을 쓰는 거였다. 재석은 걸어가면서 자신을 바라보는 민성의 시선을 느꼈다.

"뭐?"

"너 언제 쓸 거야?"

"그걸 왜 내가 써야 해?"

"야, 작가 지망생이 써야지 PD 지망생이 써야겠냐?"

할 말이 없었다. 그때부터 재석의 머리엔 내용증명 쓸 생각으로 가득 찼다.

테크노밸리의 찬바람

어느새 11월에 접어들어 판교에는 가을바람이 스산하게
불었다. 재석이 힙합소프트 건물 앞에 피켓을 들고 나타났다.
벌써 세 번째 재석은 이곳에 와서 주말마다 시위를 했다. 사
람들이 많이 다니는 힙합소프트 앞 사거리에서 망설임 없이
피켓을 들었다. 그리고 묵묵히 마스크를 쓴 채 망부석처럼 우
뚝 섰다. 피켓에는 이렇게 쓰여 있었다.

게임중독에 빠진 아이에게 돈을 갈취한
힙합소프트는 각성하라!

게임에 날린 전세금을 아이에게 돌려줘라!

재석이 피켓을 들고 서 있자 지나가는 사람들이 힐끔거리며 보거나 사진을 찍기도 했다. 힙합소프트에 있는 경비는 나와서 뭐라고 말하려다 다시 건물 안으로 들어갔다. 이미 몇 차례의 1인 시위 때 그들이 나와서 제지했지만 법적으로 1인 시위를 막을 수 없다는 조항을 들이대자 물러났던 것이다.

'흥. 누가 이기나 보자.'

재석은 더욱 이를 악물었다. 재석이 이렇게 1인 시위를 하자고 결심하게 된 데에는 힙합소프트의 냉대와 의도적인 무시가 큰 이유가 되었다.

처음에 힙합소프트가 보인 반응은 무관심이었다. 출발은 재석이 작성해 보낸 내용증명이었다. 한 달 전 재석은 내용증명 초안을 써서 변변에게 보여 주었다. 변변은 재석이 보낸 이메일을 받아 보고 바로 답을 보냈다.

재석 군, 보내 준 내용증명은 잘 읽었어요.

정의롭게 주변의 어려움을 그냥 지나치지 않는 모습은 정말 훌륭했어요. 하지만 현실과 법은 좀 달라요.

내용증명은 문학작품이 아니에요. 호소하거나 읍소하는 것도 아니고요. 육하원칙에 따라 원하는 바를 일목요연하게 써서 보내면 되는 것이랍니다.

처음 재석이 썼던 내용증명은 편지와 같았다.

안녕하십니까? 저는 고등학교 2학년 황재석이라고 합니다.
저의 친한 여동생이 이번에 귀사의 게임에 중독이 되어서 어머니의 사망보험 보상금 8천 5백만 원을 날렸습니다. 전세금도 올려주어야 하는데 그리니치 게임에서 성을 사느라 돈을 다 써서 이사 갈 곳도 찾지 못하고 있습니다.
한 가정이 흔들리고 있으니 제발 그 돈을 돌려주십시오. 힙합소프트는 큰 회사 아닙니까? 큰 회사에서는 그 정도 돈은 없어도 그만 아닌가요? 물건을 판 것도 아니고 손해난 것도 아니니 제발 돌려주시기 바랍니다.

이렇게 써서 보냈던 것이다.
변변은 이메일에 답장만 했을 뿐 재석이 내용증명을 꾸미는 데 크게 나서서 도와주질 않았다. 그저 봐 주는 것도 도와주는 것이라고 보면 그것도 틀린 말은 아니었지만 재석은 답답했다. 민성과 만나기만 하면 내용증명에 대해 의논하였다.
"왜 우리 글 쓰는 걸 변변이 안 도와주지?"
"우리가 돈을 안 내서 그런 것 아닐까?"

"그렇겠지? 변호사는 돈을 내야 되겠지? 그러면 얼마 주면 되는지 물어보자."

전화를 걸어 물어보았지만 변변은 웃으며 말했다.

"나는 학생들에게 돈 받고 싶지 않아요."

"예? 그럼 어떻게 해요? 저흰 내용증명을 한 번도 안 써 보았는데."

"내용증명을 써 보는 게 도움이 될 거예요. 내용증명에 대해서 찾아보고 공부를 해 봐요. 나는 공부한다면 도와줄 의사는 있지만 이런 소송에 잘 개입하지는 않아요."

"아, 왜요?"

"이길 승산이 별로 없잖아요."

"정말 없어요?"

"게임 회사들은 분명 회원 약관에 이런 걸 막기 위한 보호 장치를 만들어 놓았을 거예요. 거기에 은미라는 학생이 분명히 동의했을 거고요. 변호사들은 이기고 싶어 해요. 이종 격투기 선수들이 전적을 중시하는 것처럼 변호사들도 승수가 중요하거든요."

할 말이 없었다. 섭섭하긴 했지만 변변의 말도 이해는 되었다. 혹시 모르니 해 보라는 말에 내용증명이나 꾸며 보는 수밖에. 인터넷을 통해 살펴보니 내용증명은 법적으로 정해져 있는 서류가 아니었다. 하지만 반드시 들어가야 할 내용이 있었다. 수신자와 발신자의 인적사항, 제목, 내용, 작성일자와 발송인, 또 본문 내용은 육하원칙에 따라서 작성해야 했다. 가장 중요한 것은 거짓이 없어야 한다는 점이다.

재석은 다시 은미에게 찾아가 자세한 사항을 물었다. 은미는 재석에게도 이제 마음을 열어서 물어보는 것에 다 대답해 주었다. 중요한 정보를 공유하며 은미는 내내 흐느꼈다.

"은미야, 울지 말고 정신 바짝 차려야 해. 이건 중요한 일이거든."

"오빠, 나는 정말 비겁한 것 같아."

"네가 왜 비겁해?"

"다들 날 위해 이렇게 애쓰는데 나만 치료한다고 편히 병원만 다니고 있잖아."

은미는 게임과 관련한 어떤 것도 피해야 한다는 것을 알기에 스마트폰도 반납한 상태였다. 어느새 잘라먹던 말끝을 이어서 제대로 된 문장으로 말하고 있었다.

"그렇지 않아. 은미 너는 건강해지는 것만 신경 써. 네가 이런 시련을 겪는 건 다 무슨 의미가 있을 거야. 나중에 네가 게임중독인 다른 아이들에게 도움을 줄 수도 있잖아."

"응. 그건 할 수 있을 것 같아."

"재현이라는 내 친구도 게임중독자였는데 이제는 게임 개발자에 게임 평론가를 꿈꾸고 있잖아."

"응. 나도 뭘 하면 좋을지 고민해 볼게."

"그리고 절대 혼자 있지 마. 보담이랑 같이 활동하고, 친구들도 사귀어."

게임중독자가 고립되지 않도록 하는 것이 중독을 줄이는 데 중요한 요소였다. 또 게임에 쓰던 에너지를 다른 곳으로 돌리게 할 수만 있다면 놀라운 성과를 이룰 수 있기 때문에 다른 몰두할 일을 찾아보는 것도 중요했다.

"내가 널 돕는 이유는 나 역시 비슷한 경험이 있어서야. 널 보면 내가 방황하던 기억이 떠올라서 말이야."

"고마워, 오빠. 나도 노력할게."

"그래. 내용증명을 일단 잘 작성해 보자."

사건이 일어난 일시와 장소, 게임에 빠지게 된 내용과 성을 사기 위해 카드로 결제했던 내역들을 다 뽑아 본 뒤 재석은 다시 내용증명을 작성하였다.

수신: 힙합소프트 대표이사

발신: 김은미

제목: 게임 사용 비용 청구에 대한 건

안녕하십니까? 저는 김은미라고 합니다. 저는 2년 전부터 귀사의 rpg게임인 그리니치를 하게 되었습니다. 시간이 흐르면서 저는 귀사가 만든 프로그램에 과도하게 몰입했고 이는 곧 중독으로 이어졌습니다. 저는 식음을 전폐하고 게임에 몰입하는 지경에 이르렀습니다. 처음엔 작은 아이템들을 사서 게임을 즐겼지만 이내 귀사의 프로그램이 만든 중독적 요인으로 인해 저는 현실감을 상실하고 오로지 게임에만 몰두했습니다.

그 결과 올해 7월 14일 귀사가 판매하는 아이템 가운데 가장 큰 석성 터뷸런스와 거기에 딸린 무기, 군사, 몬스터, 항공기 등을 모두 7천 530만 원에 구매했습니다. 학생인 제가 이 돈을 가지고 있을 리 없습니다. 이 돈은 작년에 세상을 떠난 어머니가 돌아가시면서 남긴 암보험 보상금입니다. 이로 인해 저희 집안 경제가 파탄이 났습니다. 뿐만 아니라 저의 아버님은 정신적 충격과 함께 골절상을 당하여 병원에 입원 중입니다. 이 돈은 우리 집이 이사 가면서 사용해야 할 전세 보증금이기도 합니다.

제가 이렇게 게임에 중독된 것은 저의 개인적 잘못도 있지만, 중독을 조장하도록 프로그램을 만들고, 각종 아이템을 사도록 해 영업이익에만 몰두한 귀사의 책임도 있습니다.

이제 그 성은 더 이상 제게 필요가 없습니다. 성과 모든 아이템을 반환하고 싶습니다. 제가 그동안 귀사에 지불한 아이템 총 구매비용 8천 5,575,900원을 돌려주세요.

"이 정도면 됐겠지?"

재석은 좀 더 냉정하고 이성적으로 내용증명을 써서 다시 변변에게 보여 주었다. 변변은 몇몇 군데에 체크해 주더니 다음 문구를 첨부하라고 보내 주었다.

저는 현재 귀사의 중독 장치에 의해 정신과 치료를 받고 있습니다. 이 사태의 책임은 게임에 중독성을 집어 넣은 귀사에게도 있습니다. 귀사가 조처를 취하지 않으면 저는 다음 절차로 들어갈 것입니다. 10월 15일까지 확실한 답변을 주시고 보상을 해 주시기 바랍니다.

'아, 이런 게 들어가야 하는구나. 답변을 원하는 날짜를 적어야 하네.'

재석은 난생처음 내용증명을 부치러 우체국에 갔다. 우체국 직원은 가져온 것을 보자 웃으며 말했다.

"학생, 내용증명을 보내려면 세 통을 작성해 와야 해."

"왜요?"

"우리 우체국이 하나 보관해야 하고, 한 부는 발송하고 한 부는 학생이 보관하는 거야."

"아, 그래요?"

"저기 문방구에 가서 복사해 와."

장당 100원씩 하는 비싼 복사비를 주고 재석은 내용증명을 두 장 더 복사해 가져갔다. 그제야 우체국에서는 확인도장을 찍어 주고 내용증명 우편물을 접수해 주었다. 처음으로 자신이 만든 법적인 서류를 손에 쥔 재석은 어안이 벙벙했다.

"와, 내가 이런 걸 써 보다니."

이제 남은 일은 답신을 기다리는 거였다. 하루하루가 더디게 흘러갔다. 우편물을 부치고 일주일이 지나도 힙합소프트에서는 답변이 없었다. 변변에게 다시 문자를 보냈다.

> 변호사님, 답장이 없습니다.
> 어떻게 하면 좋을까요?

> 그러면 2차로 또 보내세요.

> 같은 내용으로 또 보내나요?

> 좀 더 강력하게 보내는 게 좋겠지요.
> 1차 답장이 없었기 때문에
> 좀 더 강하게 요구해야 해요.

재석은 다시 내용증명을 쓰면서 앞의 내용은 생략하고 새로운 내용을 집어 넣었다.

만일 10월 15일까지 돈을 반환하지 않고 묵묵부답이라면 저희는 소송을 제기할 수밖에 없음을 알려 드립니다. 부디 합리적인 판단을 바라며 이 글을 마칩니다.

그렇게 내용증명을 두 번, 세 번 발송했다. 그때마다 재석은 조마조마했다. 이를 지켜보는 보담과 은미, 재현, 민성, 향금도 함께 가슴을 졸였다.

"왜 힙합소프트에서는 답장이 없지? 우리를 무시하는 게 아닐까?"

"그러게 말이야."

"변변은 뭐래?"

"서너 번 보내 보고 안 되면 다른 방법을 찾아보래."

재석은 변변과 통화를 하며 이런저런 조언을 듣고 있었다.

"저렇게 반응이 없는데 어떻게 하지?"

"괜찮대. 반응을 안 보이면 나중에 재판에서 유리한 증거로 채택될 수도 있대."

"아, 그렇구나."

"나 이렇게 내용증명 같은 법적인 글 쓰다가 변호사 될 것 같아."

재석이 웃으며 말했다.

"하하, 너는 작가가 된다더니?"

"맞아. 이런 글은 너무 딱딱해서 재미가 없어."

"사내자식이 뭐 이랬다저랬다야?"

"그러게."

재석은 멋쩍게 웃었다. 그렇게 만나서 이야기를 나누고 집에 돌아왔을 때 은미에게서 전화가 왔다.

"오빠, 게임 회사에서 답장이 왔어."

짧게 끊기던 은미의 말투는 이제 확실히 바뀌었다. 게임에서 벗어나면서 생긴 긍정적 변화 가운데 가장 재석의 마음에 드는 부분이었다.

"그래? 언제?"

"오빠랑 만나고 집에 돌아오니까 와 있었어."

"그럼 사진 찍어서 톡으로 보내 봐."

은미는 지체 없이 사진을 보내왔다. 힙합소프트의 답장 역시 내용증명으로 왔다.

수신: 김은미

발신: 힙합소프트 대표이사

내용: 구매 아이템 비용 반환 요청의 건

귀하께서 3차에 걸쳐 보내 주신 내용증명을 잘 접수하였습니다.
먼저 불행한 상황에 직면하게 된 데에 대하여 심심한 위로를 보내
는 바입니다.

그러나 본사의 입장에는 변화가 없습니다. 귀하는 본사의 회원 가
입 절차에 동의하고 모든 아이템 구매 비용을 합법적으로 지불하
였습니다. 이에 저희 힙합소프트는 아무 귀책사유가 없음을 알려
드립니다.

추후 업무방해가 되는 서신의 발송이 다시 있을 경우 저희 힙합소
프트에서도 법적인 조처를 취할 것을 엄중히 경고합니다.

단호한 내용이었다. 변변에게도 사진을 전달하니 변변의
답장 또한 부정적이었다.

"은미 학생이 스스로 결제한 것이기 때문에 소송을 걸어도
승산이 약해요."

"정말요?"

"네. 이 정도 했으니까 포기하는 게 어떻겠어요?"

"변호사님까지 왜 그러세요? 좀 도와주세요."

"정식 재판에서 이길 만하면 내가 도와주겠는데 승산이 별
로 없어요. 판사님을 설득시킬 자신이 없어요."

변변은 안타깝다고만 이야기했다. 그리하여 재석과 아이
들은 궁리 끝에 1인 시위를 생각해 냈다. 아이디어를 낸 것은

재현이었다.

"내가 다니는 판교의 어느 회사 앞에 어떤 아파트 주민이 와서 1인 시위를 한 적이 있어."

"왜, 무엇 때문에?"

"출퇴근 시간에 우리 회사에 차가 너무 많이 들고나서 자기가 아파트 단지에서 빠져나오기 힘들다고 민원을 넣었는데 잘 해결이 안 됐나 봐."

"그런데?"

"어떤 아저씨가 와 가지고 1인 시위 하니까 바로 회사에서 사장님이 출근하다가 보더니 해결해 주라고 했어."

"어떻게 해결했는데?"

"그 아파트 앞에 과속방지턱을 하나 만들었대. 그래서 차들이 그걸 넘어가느라고 속도를 떨어뜨리면 아파트 주민들이 그 틈에 빠져나올 수 있게 하라고 하셨고 직원들에게도 아파트 주민들이 나올 때는 무조건 양보하라고 했대."

"와우, 그럼 우리도 그런 거 해 보자. 정말 괜찮을 것 같아."

"맞아. 힙합소프트 앞에 가서 시위를 하는 거야. 그러다 사장님이나 회장님이 보고 부끄러워서 도와줄지도 모르지."

아이들은 순진한 생각 같았지만 밀어붙여 보기로 했다. 피켓은 보담과 향금이 만들었다. 울긋불긋 예쁜 피켓이었다. 그

걸 본 재석이 말했다.

"야, 무슨 팬클럽 모임인 줄 알겠다. 단순하고 강하게 잘 보이도록 다시 만들자."

단순하고 강한 디자인과 문구로 다시 피켓을 제작했다.

게임중독 방치
학생 피해 묵살
힙합소프트 규탄한다!

다행히 이 사실을 안 다른 아이들도 도움을 주었다. 재석과 보담의 친구들이 나서서 시간 날 때마다 힙합소프트 앞에 가서 1인 시위를 번갈아 해 주기로 했다.

"얘들아, 한 시간씩만 해 주면 돼."

"정말이야?"

"응. 토요일이나 학교 수업이 일찍 끝날 때 가서 해 주면 되니까 걱정하지 마. 다들 고맙다."

아이들은 주말마다 힙합소프트 앞에 가서 시위를 했다. 몇 번 회사 측에서 나와 따졌지만 1인 시위에 관한 법률조항을 들이밀었다. 재석도 경비원의 제지를 받은 적이 있었다.

"학생! 하지 말라는데 또 왔어?"

"아저씨, 1인 시위는 법에서 보장한 거예요. 아저씨가 하라 마라 할 권리가 없어요."

1인 시위에 대해 알아본 바에 의하면 집회와 시위는 헌법상 보장된 기본권이다. 공동의 목적을 가진 국민은 누구나 신고를 하고 경찰서의 허락을 받은 뒤 집회와 시위를 개최할 수 있다. 1인 시위의 경우에는 그마저도 없다. 한마디로 혼자 시위를 할 때는 관할 경찰서에 따로 신고를 하지 않아도 되는 것이다.

그 얘기를 하자 경비원 아저씨가 말했다.

"1인 시위라고 해도 명예를 훼손하거나 모욕하면 법에 걸린다구."

그렇다고 지고 있을 재석이 아니었다.

"보세요, 어디에 제가 모욕을 했나. 저희 요구사항만 말했잖아요."

경비원이 사진을 찍어 갔다. 본사로 들어가 보고를 하려는 모양이었다. 그러나 재석이 들고 있는 피켓에는 명예훼손을 하거나 업무를 방해하는 사실은 없었다. 허위사실을 적은 것도 아니었다. 그러니 고등학생들이 와서 1인 시위를 해도 지켜보고 있을 수밖에 없었다.

하지만 힙합소프트는 요지부동이었다. 학생들이 제풀에 지처 나가떨어질 거라 여긴 듯했다.

"야, 이거 부지하세월이야. 새로운 대책이 필요해."

재석이 1인 시위를 하는 날 다같이 모인 자리에서 보담이 말했다. 아이들이 번갈아 다시 쓴 피켓엔 어느새 영문 구호도 적혀 있었다.

"HiphopSoft is a Real Monster! 이거 누가 쓴 거야?"

재석이 묻자 보담이 살짝 손을 들었다.

"내가. 거기에 외국인들도 많이 다니길래."

"호호, 재미있어. 인터내셔널에 글로벌한 것 같아."

향금이 보담의 머리를 쓰다듬었다.

"그런데 이것 말고는 다른 방법이 없잖아?"

재석이 피켓을 들어 보이며 한숨을 쉬자 향금이 기발한 이야기를 했다.

"야, 요즘은 영상의 시대잖아. 우리도 방법을 바꾸자고. 동영상도 찍어서 유포해."

그 순간 재석과 민성은 서로를 바라봤다.

"맞아. 우리가 왜 그 생각을 못했지?"

"등잔 밑이 어둡다더니."

"재석이가 1인 시위 할 때 거기 직원이나 경비원이 나와서 막 야단치고 그러면 대박인데."

"왜?"

"그걸 생방송하거나 유튜브에 올리면 대박이잖아."

"하하, 그럴 리 없지. 이미 전에 다 나와서 항의했어. 그리고 토요일 오후에 누가 나와 있겠어? 재현이 말 들어 보니까 일반 직원은 안 나오고 프로그램 개발하는 사람들이나 나와서 토요일이나 일요일 상관없이 일을 한대."

"그러면 시위도 효과가 없을 거 아냐?"

"하지만 여기는 벤처기업 동네니까 사람들이 그래도 많이 돌아다녀. 누구라도 보겠지 뭐, 동영상도 마찬가지고."

며칠 뒤 토요일, 재석은 혹시 모른다고 건물 뒤편에 숨어서 동영상을 찍고 있는 민성을 바라보며 시위를 했다. 지는 해에 너무 눈이 부셔서 표정이 자꾸 찌푸려졌다. 그래도 횡단보도 신호가 녹색으로 바뀌어 사람들이 건너오면 눈을 마주치려고 해 보았다. 사람들은 대개 외면하거나 자기 갈 길을 가기 바빴다. 마주 보기가 부담스러워 힐끗힐끗 내용을 읽고 뭐라고 자기들끼리 수군거리는 무리도 있었다. 양복 차림의 말끔한 외국인들이 사진을 찍기도 했다.

햇살에 지지 않으려고 재석은 애써 눈을 부릅떴지만 어느 순간 눈이 풀리고 생각이 흐려지면서 약간 멍해졌다. 들이쉬고 내쉬는 호흡에 집중해 머리가 조금 맑아질 무렵이었다. 회사 앞에 검은색 고급 승용차 두 대가 와 섰다. 그러자 건물 앞에서 서성이던 힙합소프트 직원들이 몰려왔다.

차에서 내린 사람들은 외국인들이었다. 양복을 입긴 했지만 노타이 차림인 그들은 활달한 표정으로 힙합소프트 건물을 올려다보며 직원들과 반갑게 이야기를 나누었다. 직원들이 부산스런 손짓으로 안내하는 모습을 보면서도 재석은 딱히 새로운 감흥이 일지는 않았다. 이곳에서 외국인을 보는 건 드문 일이 아니었기 때문이다. 소개를 받는 외국인은 연신 놀랍다는 듯이 큰 제스처를 보여 주었다. 짧은 대화를 마치고 건물로 들어가려던 한 외국인이 갑자기 재석이 들고 있는 피켓을 보았다. 손가락으로 재석을 가리키며 뭔가를 물어보자 힙합소프트 직원들이 당황하는 빛이 역력했다. 뭐라고 설명을 듣기도 전에 그 외국인은 재석을 향해 성큼성큼 걸어와서 말을 걸었다.

"What's up, young man? What are you doing here(젊은 친구, 여기서 뭐하고 있나)?"

재석은 당황했다. 자신보다 한 뼘도 더 키가 큰 외국인이 진한 향수 냄새를 풍기며 뭔가를 물어 온 건 평생 처음이었기 때문이다.

"저, 그, 그게……."

"무슨 이유로 1인 시위를 하느냐고 회장님께서 물으세요."

재빨리 따라온 여자가 통역을 했다. 수행원인 듯했다.

"이분은 미국의 토네이도소프트의 베어백 회장님이세요."

뒤늦게 정신을 차린 재석은 아랫배에 힘을 주고 기다렸다는 듯 말을 쏟아 냈다. 외울 정도로 이미 여러 번 외치고 주장한 내용이라 막힘이 없었다.

"힙합소프트가 우리나라의 어린이와 청소년들을 게임중독에 빠뜨리고 있습니다. 제 친한 여동생이 게임에 빠져서 큰돈을 잃었어요. 그것을 돌려 달라고 시위하는 중입니다. 제 동생과 같은 피해자는 더 이상 없……."

"이 자식, 여기서 뭐하는 거야!"

그때 옆에 있던 힙합소프트 직원들이 황급히 재석을 저만치 밀쳤다.

"저리 꺼져!"

밀려나면서 재석은 모로 쓰러졌다. 베어백 회장이 깜짝 놀라 직접 손을 잡아 재석을 일으켜 주었다.

"You, OK(괜찮니)? What are you doing, guys(당신들 뭐하는 짓이오)?"

"괘, 괜찮아요."

재석은 옷을 털며 일어났다. 재석과 달리 스티로폼으로 만든 피켓은 형편없이 부러지고 구겨졌다.

"회장님, 별거 아닙니다. 안으로 들어가시지요."

직원들이 억지로 회장을 건물 안으로 안내하면서 소란은 진정되었다. 잠시 후 통역하던 수행직원이 건물에서 다시 나와 재석에게 다가왔다.

"학생, 괜찮아요? 이건 회장님 명함이구요, 학생 연락처 하나 줄 수 있어요?"

재석은 자신의 스마트폰 번호를 수행직원의 스마트폰에 입력해 주었다.

"고마워요."

수행직원이 들어가고 나서 재석이 망가진 피켓을 살피고 있을 때 갑자기 힙합소프트의 직원들이 달려 나왔다.

"너 빨리 꺼져! 왜 여기에서 이런 짓 하는 거야?"

"아저씨! 저는 1인 시위 할 권리가……."

소용없었다. 그들은 마구잡이로 재석을 둘러쌌다. 폭력을 써서는 안 된다는 걸 아는지 20여 미터 이상 재석을 몸으로 몰아냈다. 재석은 이 모든 게 찍히고 있는 걸 알아 굳이 반항을 않고 있다 민성을 향해 천천히 걸어갔다.

"한 번만 더 우리 회사 앞에 나타나면 그때는 정말 가만 안

둔다!"

힙합소프트의 직원들은 재석의 등 뒤에서 한마디 더 외치고 돌아갔다.

"야, 다친 데는 없냐?"

민성이 다가와 걱정스러운 얼굴로 물었다.

"괜찮아. 몇 군데 좀 부딪치긴 했는데 멍들 정도는 아니야."

운동으로 다져진 재석이 몸싸움으로 다치거나 멍들 일은 없었다.

"근데 그 외국 사람은 누구지?"

"몰라. 무슨 미국 컴퓨터 회사 회장이래. 이게 명함이야."

재석과 민성은 명함을 보면서 검색을 하였다.

"어, 이 회사 〈갤럭시 워〉 게임 만든 회사야. 맞아. 우리나라에 산업시찰을 하러 왔대. 기사가 떴어."

〈갤럭시 워〉는 전 세계 천만 가까운 유저들이 즐기는 전략 시뮬레이션 게임이다. 회사 역시 세계에서 몇 손가락 안에 들어갈 정도라 게임을 잘 모르는 재석과 민성도 알았다.

"게임 회사끼리 친한가 봐."

"그런가 보네. 그나저나 동영상은 잘 찍었어?"

"응. 나중에 법적으로 증거가 될 거야."

"알 수 없지. 이제 그만 집으로 가자."

판교에서 집으로 돌아가는 길에 하늘은 구름이 끼면서 뜨거운 햇살은 사라졌다.

테헤란로에 있는 호텔은 눈이 휘둥그레지도록 화려했다. 일요일 오전인데도 사람들은 활발하게 각자 업무를 보거나 여유로운 시간을 보내고 있었다. 호텔 로비의 커다란 소파에 재석과 보담이 뻘쭘하게 앉아 있고 그 옆에 민성과 향금이 서 있었다.

"정말 이 호텔이 맞아?"

"테헤란로의 인터벌 호텔이 여기잖아."

"응. 그나저나 우리를 왜 오라고 한 걸까?"

재석 일행이 이 호텔에 모습을 드러내게 된 건 어제의 전화 한 통 때문이었다.

"여보세요, 황재석 학생 전화번호인가요?"

"네, 그렇습니다만."

1인 시위 하다가 봉변을 당한 뒤, 재석은 엄마의 식당에서 민성과 저녁을 먹고 헤어져 집에 돌아온 참이었다.

"밤늦게 전화해서 죄송해요. 저는 아까 판교에서 만난 토네이도소프트 회사의 베어백 회장님 수행원이에요."

"아, 네."

"아까 다치진 않았나요?"

"네, 괜찮습니다."

"실례지만 회장님께서 중요한 결정을 하시기 전에 학생을 꼭 만나 보라고 해서요."

"저를요? 왜요?"

"대단히 미안한데 중요한 일이라서 그래요. 내일 회장님이 묵으시는 호텔로 좀 와 줄 수 있나요?"

"무슨 일이시죠?"

"오늘 시위 이야기도 듣고 싶고요. 회장님이 궁금하신 것도 있다시네요."

"네, 가능하긴 해요. 하지만 이 시위는 저 혼자 하는 게 아니에요."

"그럼 조직이 있나요?"

"조직은 아니지만 함께하는 친구들이 있어요."

"그럼 그 친구들도 시간 되면 와 주세요."

그렇게 해서 재석과 친구들이 이곳에 온 것이다. 호텔에서 보낸 승용차가 10시에 정확하게 집 앞에서 기다리고 있었다.

"야, 회장님이 차도 보내 주시고 딥다 멋지다."

향금이 기뻐서 어쩔 줄 몰라 했다. 민성이는 신기해서 차 안을 사진으로 찍기 바빴다. 마지막으로 차에 탄 재석이 문을 힘껏 닫자 신난 민성이 물었다.

"야, 문을 세게 닫으면 안 되는 이유 아냐?"

재석은 힐끗 운전기사를 살폈다. 혹시 뭐라고 눈치나 줬나 했지만 운전기사는 전혀 신경 쓰지 않고 있었다.

"차 망가지니까?"

"아냐. 차 문이 네 개잖아."

"뭐라고?"

한참 만에 아이들은 그 아재 개그의 뜻을 알고 배를 잡고 웃었다.

"하하하!"

호텔 로비에 도착하고 잠시 후 수행원이 내려왔다.

"1인 시위를 하게 된 배경은 무엇인가요?"

재석 일행은 수행원의 질문에 대답을 했다.

"제가 내용증명을 보내면서 싸웠는데 법적으로는 이길 가능성이 없다고 해요."

"하지만 저희는 최선을 다해 싸우고 있어요."

네 아이는 번갈아 가며 어떻게 이메일을 쓰고 내용증명을 보내고 1인 시위를 하게 되었는지 자세히 이야기했다.

"한국에도 게임중독자가 많군요. 미국도 역시 문제예요."

"네. 저도 이번에 문제가 심각하다는 걸 알았어요. 하지만 우릴 도와주는 변호사님이 게임 회사와 싸우기가 힘들다고 하시더라고요."

변변의 이야기를 듣자 수행원은 눈을 크게 뜨고 물었다.

"오, 변호사가 도와주나요?"

"네. 게임하는 변호사님이라서 잘 이해해 주세요."

그렇게 이야기를 한참 나누고 나서 수행원은 변변의 전화번호를 물어보고 미팅을 마무리했다.

"학생들, 바쁜데 고마워요. 덕분에 우리 회장님께서 좀 더 깊은 정보를 얻게 되었네요. 아, 그리고 얘기하다 보니 점심 시간이 되었네요. 식사하고 가세요."

수행원은 호텔 안의 이탈리아 식당으로 네 아이들을 안내했다.

"마음껏 들고 가요. 먹고 싶은 거 있으면 다 먹어도 돼요. 회장님이 계산하실 거니까. 그리고 이건 오늘 시간 내줘서 감사의 뜻으로 회장님께서 주신 거예요."

수행원은 봉투 하나를 주고 갔다. 엉겁결에 봉투를 받은 민성은 기뻐서 입이 찢어지려고 했다.

"어머, 어서 열어 봐. 돈인가 봐."

향금이 깡충깡충 뛰면서 재촉했다.

"야야, 이건 재석이가 열어 봐야지."

재석은 봉투를 받아 열었다. 안에서 나온 것은 스포츠 의류 상품권이었다.

"와우! 이거 내가 갖고 싶던 의류 브랜드야. 우와, 여기 금액 좀 봐!"

향금은 안에서 나온 상품권을 들고 팔짝팔짝 뛰었다.

재석은 문득 부라퀴가 보내 준 문자가 떠올랐다.

인터뷰를 하고 뭔가를 물어본다는 건
그 사람의 시간을 빼앗는 게 아니겠느냐.

'맞아. 이 세상에 공짜는 없지.'

깨달음

재석이 엄마네 식당에 안 나간 지도 몇 주가 지났다. 엄마는 새로 온 아줌마가 일을 잘한다고 여러 번 이야기했다. 잔뜩 흐린 금요일 저녁 과연 엄마 말이 사실인가 확인도 할 겸 재석은 엄마의 식당으로 갔다.

"어서 오세요, 호호!"

인상 좋은 아줌마가 활달하게 웃으며 재석을 반겨 주었다.

"학생이 재석이죠?"

"어떻게 아세요?"

"엄마한테 얘기 많이 들었어. 키 크고 잘생긴 학생이라고 해서 내가 한눈에 알아봤죠."

"제가 뭐 도와드릴 건…….'"

"아니, 괜찮아요."

엄마는 주방에서 내다보며 말했다.

"재석아, 밥 먹고 가."

엄마의 국밥을 기다리며 둘러본 식당은 구석구석 반짝였다. 일하는 아줌마가 청소를 잘해서인 것 같았다. 이 정도면 안심이라는 생각을 하며 재석은 국밥을 먹고 집으로 향했다. 집에 가서 1인 시위를 계속해야 할지 말아야 할지를 생각해 봐야 했다. 기말고사 기간이 다가오면서 아이들이 시험공부를 하느라 1인 시위를 이어 갈 동력을 상실했기 때문이었다.

"야, 황재석!"

생각에 빠져 밤거리를 터덜터덜 걷고 있을 때 누군가 뒤에서 재석의 이름을 거칠게 불렀다. 이 시간에 동네에서 재석의 이름을 부를 사람은 아무도 없었다. 고개를 돌리자 가로수 밑에서 모습을 나타낸 사내 둘 가운데 하나는 어디서 본 듯한 얼굴이었다.

"나 기억하냐?"

느낌이 안 좋았다. 혹시 게임 회사에서 보낸 해결사인가 싶었지만 그런 큰 회사가 재석이 뭐라고 이런 사건까지 만들리는 없었다.

"너 옛날에 배경고 셀 애들 깐 적 있다며?"

해체된 스톤의 라이벌 음성서클인 셀의 이야기를 하는 것을 보니 일진과 관련된 녀석이라는 걸 알 수 있었다.

"나는 은곰파 은갈치야."

은곰파라는 말을 듣자 재석은 긴장이 되었다. 은곰파는 배경고 불량서클 셀의 뒤를 봐주는 조폭조직이었다. 재석이가 몸담았던 스톤의 뒤를 봐주는 쌍날파와 같은 성격이었다. 그들의 활동무대는 홍대 부근이었다.

"은갈치가 어떤 새끼냐? 나한테 무슨 볼일이야?"

재석이 으르렁대듯 물었다. 하지만 이름을 얼핏 들어 본 것 같았다. 주먹은 별로 세지 않지만 머리가 좋아서 은곰파 안에서 나름 인정을 받는 자라는 얘기가 떠올랐다.

"너 이 새끼, 저번에 PC방에서 나한테 개겼지?"

재석은 그제야 기억이 났다. PC방에서 게임하다 나와서 담배꽁초 버린다고 다퉜던 그자들이었다. 재석은 본능적으로 맞서 싸우기보다 튈 생각을 했다. 동네 골목길을 다 알기에 여차하면 도망을 치는 게 상책이었다. 주춤주춤거릴 때 은갈치가 말했다.

"이 새끼야, 너네 동네라고 튈려고 그러지? 내가 모를 줄 알아? 일루 와, 일단 몇 대 맞고 시작하자."

고개를 돌려보니 맞은편에서도 두 녀석이 담배를 피우면서 다가오고 있었다. 이렇게 된 이상 싸울 수밖에 없었다. 재석은 벼락처럼 뛰어오르며 은갈치에게 선방을 날렸다.

"이런 개자식이."

오른손 주먹이 정확하게 은갈치의 턱에 들어가는 순간 재석은 등을 가격하는 둔탁한 타격을 느껴야 했다.

"윽!"

돌아서며 덮치는 두 녀석을 향해 재석은 양발 킥을 날렸다. 난투극이 벌어졌다. 어둠 속에서 정신없이 일 대 사로 주먹을 날리며 치고받는데 순간 눈앞에서 불똥이 떨어지는 것 같은 느낌을 받았다. 우지끈 소리가 나면서 재석은 털썩 무릎을 꿇었다. 누군가가 재석의 얼굴을 벽돌로 친 거였다.

"어린놈의 새끼가 선배도 몰라보고……. 오늘은 이 정도 하고 간다."

은갈치 일당은 사라졌다. 재석은 정신이 아득해지려는 것을 애써 견디며 엄마에게 전화를 걸었다. 땅바닥에 피가 뚝뚝 떨어지는 것이 보였다.

"재석아, 괜찮냐?"

토요일 아침, 병실 문이 열리며 민성과 보담, 향금이 들어
왔다.

"응, 괜찮아."

퉁퉁 부은 얼굴로 재석은 몸을 일으켰다. 은갈치 일당에게
두들겨 맞은 얼굴은 의외로 상처가 컸다. 광대뼈가 함몰되고
온몸에 타박상을 입었다.

금요일 밤 엄마는 재석의 전화를 받고 달려와 경찰에 신고
하고 급히 동네병원에서 응급조처를 받았다. 보담을 통해 이
사실을 알게 된 부라퀴의 연락으로 바로 온사랑병원으로 옮
겨 갔다. 온사랑병원의 원장이 부라퀴의 후배라고 했다.

엄마는 속상해하며 붕대를 칭칭 감은 재석의 얼굴을 쓰다
듬었다.

"엄마, 괜찮아. 부라퀴 할아버지가 경찰에 신고하셨으니까
은갈치 그 자식 곧 잡힐 거야."

"그러니까 왜 오지랖 넓게 남의 일에 나서서 이 지경을 당
하니?"

"걱정 마요. 난 게임하고 악연인가 봐. 판교 가서도 한 따까
리 했는데 PC방에서 게임하던 놈들한테 까이고."

재석은 별거 아니라는 듯 애써 웃어 보였다. 병원에서 하룻
밤을 보내며 고생했을 엄마 마음을 조금이나마 편하게 해 주

고 싶었다.

"엄마, 이제 식당 가요. 친구들도 왔잖아."

"어머니, 걱정 마세요. 은곰파 애들 어디에서 모이는지 제가 알아서 경찰에게 말했어요."

옆에 있던 민성이 거들었다. 보담도 미안해서 어쩔 줄 몰라 하며 재석의 엄마에게 사과했다.

"어머니, 죄송해요. 다 제 동생 때문에 재석이가 다친 것만 같아요."

"아니다. 보담이 네가 죄송할 게 뭐 있니? 못된 놈들 만나서 재석이가 고생한 거지."

엄마는 말없이 재석을 쓰다듬으면서 한마디 더 했다.

"재석아, 그래도 우리 아들이 깡패들에게 당당히 잘못을 지적하다 이렇게 된 거라 엄만 떳떳하다. 엄마 이따 밤에 올게. 식당 일이 바빠서 가야 되겠어."

"그래, 엄마 빨리 가."

엄마는 세수도 못한 채 부랴부랴 식당으로 돌아갔다. 마침 식사가 나와 재석은 미역국과 밥을 먹었다. 씹을 때마다 얼굴이 욱신거렸다. 민성은 분노하며 말했다.

"내가 은갈치 이 자식 가만히 안 둬. 짜증 나는데 힙합소프트도 유튜브에 동영상 더 올려서 완전히 망하게 해 버릴까?"

"넌 마포에서 뺨 맞고 서대문 와서 눈 흘기냐?"

"그거 아재 개그냐?"

"속담이다, 속담. 내가 소설 쓰느라고 속담 공부하잖아."

그날 아침 병실을 돌며 환자를 살피던 의사가 재석의 MRI 검사를 보고 말했다.

"광대뼈가 약간 함몰되었군. 말을 하면 함몰 부위가 흔들려서 통증이 심해지니까, 최대한 말을 하지 말아요."

의사는 고무줄로 재석의 턱을 머리까지 묶었다. 재석은 입을 다문 채로 '음음' 소리만 낼 수 있었다. 의사소통이 필요하면 스마트폰 메모나 필담을 해야만 했다.

다음 날 아침이 되자 일요일임에도 불구하고 많은 사람들이 찾아왔다. 점심 무렵에 은미가 조심스럽게 병실 문을 열고 들어왔다.

"오빠, 미안해. 나 때문에, 흑흑흑흑!"

"음음, 음음음(괜찮아. 은미야, 이건 네 잘못 아냐)."

"이렇게 나를 위해 애써 주는데 난 고맙단 소리도 못하고. 미안해. 흑흑!"

은미의 흐느낌 속에서 재석은 외로움을 발견했다. 그 외로움은 자신도 과거에 느꼈던 것이었다.

"음음 음음음(괜찮아. 기말고사 끝났으니까 이제 다시 1인 시위도 하고 변호사 아저씨에게 이야기해서 내가 문제 꼭 해결해 줄게)."

"오빠, 나 정말 오빠 보고 감동받았어. 내가 게임하게 된 건 아무도 내 편이 없다고 생각해서였는데, 이번 일을 겪으며 나를 위해 애쓰는 언니랑 오빠를 보니 너무 감격스럽고 미안해. 내가 정말 한심한 애였어. 철없이 보상금도 다 날려 버리고, 아빠도 다치게 하고. 나는 정말 이 세상에 필요 없는 아이인가 봐."

같이 온 보담이 은미를 꼬옥 끌어안았다.

"은미야, 그런 생각 하지 마."

여자들은 확실히 공감능력이 뛰어난 것 같았다.

"야야, 울 거면 나가서 울어라."

함께 온 민성이는 재석이 불편해하는 것을 보고 두 아이를 밀어냈다. 재석의 기분을 살려 주는 것은 역시 향금이었다.

"야, 민성아. 너 유튜브에 올릴 때 나에게 얘기했어야지. 내가 리포터도 하고 내 방송에 올렸어야 하는데. 네가 그냥 올려 버리는 바람에 난 희소성이 떨어지잖아."

재석은 무슨 소리인지 몰라 민성을 바라봤다.

"응. 나 전에 너 1인 시위 하다가 힙합소프트에게 밀려나는 거 동영상 올렸어."

"음 음음음음(야, 그런 건 의논하고 했어야지)."

"미안, 미안. 그래도 지금 조회수 장난 아니잖아. 이거 봐."

민성이 유튜브에 올린 동영상은 이미 인터넷 곳곳에서 화제가 되고 있었다. '좋아요' 수가 급격히 늘어나면서 댓글도 기하급수로 달렸다.

- 1인 시위 하던 학생 폭행당해, 힙합소프트 이제 큰일 났음
- 재석이 쟤 성격 빡친다던데 왜 당하고만 있는지 모르겠다
- 고딩이 공부나 하지 뭐하는 짓이냐?
- 게임중독을 이 참에 완전히 뿌리 뽑아야 한다
- 나도 현질한 돈이 만만치 않은데 돌려받고 싶으다 ㅠㅠ

민성의 유튜브 url 주소는 네티즌들이 여기저기 퍼 나르며 기하급수적으로 반향을 일으켰다. 한마디로 난리가 난 것이었다.

"음음 음음(그런데 이 병원 낯이 익은데)?"

재석이 좌우를 둘러보며 말했다.

"여기 은미네 아빠가 입원해 계신 병원이잖아, 바보야."

민성의 말에 재석은 크게 고개를 끄덕였다. 기억이 났다.

"음음 음음(은미 아빠는 아직도 퇴원 안 하셨어)?"

"응. 우리 외삼촌은 입원해서 검사하는 동안 글쎄 위암도 발견해서 수술을 받으시고 회복 중이야."

"음음(뭐, 정말이야)?"

"응. 초기라서 다행히 수술이 성공적으로 끝났대."

"음 음음(휴, 우환이 겹치는구나)."

"그러게 말이야."

이상하게 안 좋은 일은 겹쳐서 오곤 했다. 아마 문제를 수습한다고 무리를 하다 더 안 좋은 일을 불러오는 것 같았다.

그래도 재석은 병원에 입원해서 매일 사람들이 문병 와 주는 것이 나쁘지 않았다. 학교 친구들도 오후 시간이나 저녁에 수시로 찾아와 재석의 용기를 격려해 주었다. 은갈치 일당은 월요일에 체포되어 구속되었다고 경찰관이 찾아와 알려 주었다.

동영상이 화제가 되어 신문기자들이 취재하겠다고 오는 것은 모두 다 김태호 선생이 막았다. 아직 재석이 쾌차하지 않았기 때문이다. 부라퀴도 월요일 오후에 찾아왔다. 유튜브를 본 것 같았다.

"어른이 돼 가지고 아이들에게 폭력을 행사한 놈들은 용서할 수 없어. 내가 변호사를 사 가지고 단단히 버르장머리를 고쳐 줄 거다."

재석은 얼른 스마트폰 메모판에 글자를 찍었다.

은갈치는 잡혔어요.

"누가 그놈 말하냐? 그 힙합인가 뭔가 하는 게임 회사 놈들 말이지."

부라퀴가 한번 마음먹으면 끝장 보는 성격임을 이미 알고 있는 재석은 뭐라 할 말이 없었다. 아쉬운 건 자신이 해결하지 못하고 어른들이 나서게 되었다는 점이었다. 재석은 다시 글자를 찍었다.

할아버지, 저 부탁 하나만 해도 돼요?

"그래, 무슨 부탁이냐?"

이왕 변호사 쓰실 거면 변변을 써 주세요.

"변변?"

보담이 부연 설명을 했다.

"할아버지, 우리가 게임 문제로 고민할 때 도와주신 변호사예요."

"성이 변 씨냐?"

"네. 그래서 우리가 변변이라고 불러요. 내용증명서 쓰는 법도 알려 주시고 우리를 응원해 줬어요."

"그래, 알았다. 내가 변변이라는 사람을 만나 보마."

부라퀴가 돌아가자 재석은 소송의 결과가 잘되어 힙합소프트 측에서 합의를 하겠다고 보상금을 제시하면 얼마가 되든 은미에게 줘야 되겠다고 생각했다. 민성에게 이 이야기를 털어놓았다.

민성아, 우리 동영상 보고 분명히 힙합소프트에서 잘못했다고 나오겠지?

"그럼, 지금 난리 났어. 나한테도 이메일이 몇 번 왔어."

"음음(뭐라고 왔는데)?"

"유튜브에 올라간 거 내려줄 수 없냐고. 힙합소프트라고 그래서 재석이에게 먼저 사과하라 그랬지."

"음음(아, 그런 일이 있었어)?"

"너 상황이 이래서 변변에게 얘기하라고 했어. 아마 곧 연락 올 거야."

얘기가 끝나기가 무섭게 변변에게서 전화가 왔다.

"음음(야, 변변이다)."

"양반 되긴 글렀군. 호랑이도 제 말 하면 온다더니."

민성이 대신 전화를 받았다.

"여보세요! 변호사님."

"어, 재석 군이에요?"

"아니, 저 민성이에요."

"어떤 할아버지께 연락이 왔어요. 이번 사건에 나를 변호사로 선임하신다고. 그분이 누구예요? 벌써 착수금까지 보내셨는데."

"부라퀴, 아니 보담이라는 친구의 할아버지이신데요, 우리들의 멘토세요. 우리가 싸워서 이길 수 있나요?"

"소송 걸 필요는 없어요. 일이 묘하게 풀릴 것 같아요."

"네?"

"내가 오후에 병원으로 갈게요. 좋은 소식이에요."

민성이 통화하는 중에 학교만 끝나면 찾아오는 보담이 들어왔다.

"재석아, 학교 안 가니 좋지?"

"음음(사실은 그래, 히히)."

"호호호! 나도 사실은 학교 가기 싫어."

"음음(정말이야)?"

"응. 자유롭게 원하는 수업 신청해서 듣고, 남는 시간은 자기관리를 하고 싶어."

"그러려면 대학을 빨리 가야지."

민성이 통화를 끝내고 말했다.

"그러게 말이야. 그런데 사실 놀라운 일이 있어."

"뭔데?"

"오늘 고청강 작가님이 우리 학교에 강연 오셨어."

"정말이야?"

"응. 강연 내용이 정말 재미있었어. 우리들에게 시간을 아껴 쓰라고 얘기하셨어. 그런데 정말 놀랄 일이 뭔지 알아?"

뭔데?

"그건 바로…… 강연하실 때 민성이하고 재석이 니들 얘기도 하셨다는 거야."

"음음(뭐, 그게 정말이야)?"

감개무량이었다. 재석은 고청강 작가가 무슨 말을 했을지 궁금했다.

"음음(뭐라고 그러셔)?"

"너희 학교에 강연 간 거 얘기하면서 소설 써서 보낸 녀석이 있다고 아주 대단한 용기라고. 그리고 민성이 얘기도 하셨는데, 벌써 다큐멘터리 감독이 되어서 영상물을 찍고 있다고 칭찬하셨어."

"으음(아, 그랬구나)."

보담과 향금은 강연이 끝난 뒤 고청강 작가에게 찾아가서 인사를 했다.

"작가님, 안녕하세요?"

"오, 자네들도 사인 받으려고?"

학생들이 내민 책에 사인해 주던 고청강 작가가 물었다.

"재석이하고 민성이가 저희 친구들이에요. 둘한테 작가님 말씀 많이 들었습니다."

"이렇게 예쁜 여학생들이 그 야수 같은 녀석들하고 친구야? 녀석들, 아주 운이 좋은걸?"

"호호, 감사합니다."

"재석이와 민성이는 요즘 잘 지내나?"

"사실 요즘에 제 사촌 여동생 일을 해결하느라……."

"무슨 일이지?"

보담은 조리 있게 그간 있었던 은미의 사연과 재석이가 입원한 일을 이야기했다. 고청강 작가는 보담의 스마트폰을 통해 유튜브도 보았다.

"보담이와 향금이라고 했지? 혹시 두 사람은 '1만 시간의 법칙'이라고 알아?"

"그게 뭐죠?"

"말콤 글래드웰이 《아웃라이어》에서 쓴 이론이야. 어느 분야에서든지 능력을 인정받으려면 1만 시간을 투자해야 한다는 것이지. 1만 시간은 4년 간 한 직장에 다니는 기간으로, 그 정도 했을 때 전문가가 된다는 뜻이야. 현실적으로 어떤 한 가지 일에 1만 시간을 투자한 사람이 많지가 않단다."

"1만 시간이라니! 상상도 안 돼요."

"하지만 게임을 하는 데 1만 시간을 투자한 사람들은 너무나 많아. 아마 2만, 3만 시간도 투자할 거야. 프로게이머는 당연히 엄청난 시간을 퍼붓겠지. 그런데 그런 사람들도 아니면서 일반인들이 이렇게 게임에 투자한다고 해서 돈을 벌 수 있을까?"

"아뇨."

"쉽게 수입을 만들지는 못해. 게임에 빠진 청소년들은 뭐라고 합리화하느냐 하면, 장래희망이 프로게이머라고들 하지. 하지만 실상은 어떨까? 당장 게임 잘해서 이름 좀 날리는 프로게이머가 몇 명이나 떠오르지? 50명? 백 명? 그런 사람 정도나 게임으로 돈을 버는 거지. 우리나라 인구가 5천만인데

50명이면 백만 명 중에 한 명인 셈이지. 3만 명 중에 한 명인 프로 운동선수나 5백 명 중에 한 명인 의사의 확률에 비해 아주 어려운 직업이라는 건 생각하지 못해."

"하지만 게임은 요즘 스포츠로도 인식되어 아시안게임에도 정식 종목이 되었잖아요."

"앞으로 어떤 변화가 있을지 모르지만 아직은 전망이 밝지 않아. 관련 분야를 다 합쳐도 아직은 전통적인 직업군만큼 진로가 넓지가 않지. 게다가 프로게이머는 운동선수처럼 수명이 있어서 오래 하기도 힘든 일이라고 하잖아."

향금이 물었다.

"다른 아이들은 그래픽디자이너나 프로그래머 되겠다면서 그러려면 게임을 알아야 한대요."

"하하. 그렇지만 그 애들에게 그래픽 프로그램이나 게임 제작 프로그램을 어떤 걸로 어떻게 공부했는지 물어보면 하나도 모를걸?"

"하, 하긴요."

"그래픽이나 컴퓨터 언어를 배우는 것은 게임이 아니라 실제 현실이야. 강의 듣고 책 보며 공부하고 실습도 해야 하지. 그렇게 하지 않고 게임만으로 그런 기능을 배운다는 것은 뻥이야. 게임으로는 결코 그런 실력이 쌓이지 않아. 그렇다고 무조건 게임을 반대하는 것은 아니야. 절제하며 적당히 즐기는 사람도 많아. 문제는 과도한 거야. 그 사실만 안다면 청소년이 디지털 지옥에 빠져 소중한 시간과 미래의 기회를 빼앗기는 것을 막을 수 있겠지."

청소년들이 게임에 빠져 제 본래의 능력까지 상실한다면 그것은 수십, 수백만 명의 건전한 노동력을 상실하는 것이나 마찬가지다. 한마디로 이 사회의 경쟁력이 약해진다. 어렵지만 삶에서 절제를 알고 중용의 능력을 갖추는 것은 중요하다. 하루 1시간 정도 게임을 하면 스트레스도 줄어들고 무척 즐겁지만 사실 그러기가 쉽지 않다. 게임 개발자들이 게임에 빠지도록 설계를 하기 때문이다.

"게임을 하다 보면 흥분하게 되고 그 흥분은 쉽게 가라앉지 않아. 적당히 즐기고 멈추지 못한다면 완전히 끊을 수밖에 없어. 극단적인 경우이기는 하지만, 50시간 동안 먹지도, 쉬지도 않고 게임만 하다 죽은 사람도 있잖아."

"네, 잘 알겠어요."

"암튼 너희가 친구 일에 앞장서서 해결하려고 노력하고 있다니 자랑스럽네. 작가는 직접 문제를 해결하는 사람은 아니지만 재석이처럼 하면 행동하며 글도 잘 쓰는 멋진 작가가 나오겠어. 마침 오늘 오후에 시간이 되니 재석이 문병을 가야 되겠다."

"어머, 정말이요? 재석이가 진짜 좋아할 거예요."

"그래, 이따가 보자꾸나."

"네, 알겠어요."

"재석이에겐 비밀로 해."

"네."

보담은 재석에게 고청강 작가가 찾아온다는 이야기는 하지 않았다.

고 작가님, 강의 잘하시지?

재석이 스마트폰 메모로 물었다.

"응. 재미있게 하셔. 그리고 느끼는 것도 많았어."

맞아. 나는 고청강 작가님이 말씀하신 것 중에 시간을 소중히 하라는 게 제일 와닿았어. 그래서 더 열심히 소설을 써야겠다고 생각했지. 정말 소중한 깨달음이었어.

그러자 민성이 말했다.

"나는 '이 세상에 불가능은 없다'가 젤 마음에 들어. 보담이 넌 뭐가 맘에 들었니?"

"난 '이 세상에 공짜가 없다'야. 공짜가 없다는 걸 정말 이번에 실감을 했어. 뭔가를 얻으려면 대가를 지불해야 해. 사이버 세상에서 게임하는 건 정말 공짜를 노리는 생각인 것 같아. 허무하지."

아이들은 진지하지만 즐거운 대화를 나누었다. 잠시 후 회진 때 의사가 와서 다음 날이면 붕대도 풀고 퇴원해도 좋다고 이야기했다. 재석은 학교에 가서 친구들 만날 생각에 가슴이 설레었다.

병원에서 나온 배춧국에 저녁밥을 먹고 나자 암병동에 입원해 있는 은미의 아빠가 휠체어를 타고 재석이 병실로 들어왔다. 초기에 발견해서 다행이라지만 얼굴은 여느 암 수술 환자처럼 수척했다.

"재석 군!"

"음 음음음(어, 아저씨. 어떻게 여길 오셨어요)?"

암병동은 12층이었다. 재석이 입원한 4층 외과와는 거리가 있었다.

"우리 딸을 위해서 애써 줘서 고맙다. 여기 우리 보담이가 사람 보는 눈이 있어."

"외삼촌, 제 친구 참 멋지죠?"

"그래, 진짜 멋지다. 나는 우리 딸이 보상금을 다 탕진했다는 말을 들었을 때 세상이 끝난 줄 알았어. 그런데 이렇게 좋은 언니 오빠를 만났잖니. 나도 조금은 용기가 난다."

재석은 그렇지만 하나도 해결된 건 없다는 생각이 들었다.

죄송합니다. 큰 도움이 못 되어서요.

"아니다. 다 내 잘못이야. 내가 우리 딸의 손을 너무 빨리 놔 버렸다."

재석은 무슨 소리인가 의아했다.

"내가 병원에서 이 책을 읽고 있는데 볼수록 후회가 너무 크단다."

외삼촌이 들고 온 책은 고든 뉴펠드가 쓴《아이의 손을 놓지 마라》였다.

"이 책에서 인간의 가장 중요한 욕구는 연대감이라고 했어. 다시 말해 누군가와 소통하고 속해 있는 느낌이 안정감을 주고 행복의 근원이 된다는데 나는 그런 연대감을 우리 은미에게 주지 못했어. 아이는 알아서 저절로 크는 줄로만 생각하고 방치했던 거야."

외삼촌의 눈가가 촉촉해졌다.

《아이의 손을 놓지 마라》에 의하면, 요즘 또래지향적인 아이들은 디지털 기기와 게임을 서로를 연결하는 도구로 여겨서 피상적이며 감각적인 소통, 무늬만 있는 애착에 몰두한다는 거다. 그러다 보니 좋아요 수에 민감하게 반응하고, 친구들과 하는 롤플레잉 게임에 끼지 못하면 큰일이 나는 줄 안다. 물론 단체 톡방에서 빠지거나 스마트폰을 없앤다는 건 상상도 못할 일이 되었다.

그런데 그런 건 다 가짜잖아요. 헛된 페르소나예요.

재석이 위로의 말을 건넸다.

"맞아. 재석 군은 지혜로우니까 그걸 알지만 대다수 다른 아이들은 모른다는 게 문제지. 애착이 필요한 우리 딸의 손을 너무 일찍 놓아 버려서 나는 그 대가로 이런 일을 겪는다고 생각해."

지금의 부모들은 아이들이 스마트폰을 들고 다니며 게임에 몰두하거나 컴퓨터 앞에서 인터넷 서핑을 하며 온갖 동영상을 들여다보는 것은 문제 삼지 않는다. 오히려 아이가 빨리 사회의 일부가 되길 바라며 인터넷의 세계, 디지털의 세계로 이끈다. 하지만 무엇이든 적절한 시기가 있고 때가 있다. 어린이와 청소년이 당당히 자신의 가치관이 서고, 무엇이 중요한지 판단할 수 있으며, 인격을 유지할 수 있을 때 완전한 자유를 허락해야 한다. 물론 이 시기는 사람마다 다르기에 부모의 적절한 관찰과 판단이 필요하다.

"외삼촌, 우리 할아버지가 도와주신대요. 용기 내시고 건강에만 신경 쓰세요."

"아니다. 나도 내 힘으로 일어서야지. 너희 엄마 보기도 미안하다. 퇴원하면 제대로 은미와 애착관계를 만들어 볼 거야. 은미의 일순위였던 게임과 또래지향성을 가족지향으로 바꾸고 서로 일순위가 되어 줄 거야. 그것만이 우리 은미를 다시 되돌릴 길인 걸 깨달았어."

보담이 울컥했는지 돌아서서 눈물을 닦았다. 병실 분위기가 숙연했다. 재석도 자신이 어린 시절 할머니에게 맡겨지면서 너무 일찍 부모와 애착이 끊겼다는 것을 알게 되었다. 그게 주먹질을 하고 공부와 멀어진 이유였다. 한마디로 애착의 일순위가 또래집단이었다. 그래서 또래가 결정하는 일이 사회의 질서와 법을 다소 어기는 것이어도 실행하곤 했다.

가족과 함께하는 식사와 대화, 독서는 더 이상 없다. 또래집단은 정확히 아이들이 필요로 하는 것(안정과 함께 있기, 관심, 조언, 훌륭한 마음의 양식, 유익한 이야기들)을 주지 않는다.

외삼촌이 들고 온 책에서 밑줄이 여러 번 그어진 대목을 살펴며 재석은 곱씹었다.

그때 병실 문이 열리며 당당한 얼굴로 들어서는 얼굴이 훤한 사람이 있었다.

"어!"

바로 고청강 작가였다.

"정의의 사도들, 어딨냐?"

"앗, 고청강 작가님."

아이들은 모두 벌떡 일어났다.

"1인 시위하다 맞았다구? 이런 천하에 몹쓸 녀석들 같으니, 하하하!"

고청강 작가는 꽃다발을 건네며 재석의 어깨를 쓰다듬었다. 재석은 자기도 모르게 몸을 바로 했다.

"음, 음음음(작가님, 어떻게 여기까지 오셨습니까)?"

갑자기 말투가 군대식으로 변하는 걸 느꼈지만 재석도 어쩔 수 없었다.

"오늘 금안여고 강연 갔다가 오후에 대전 강연 마치고 지금

오는 길이야."

민성이 얼른 말했다.

"어유, 피곤하시겠습니다."

"피곤하긴, 재석 군, 민성 군 같은 학생이 있어서 우리 사회가 밝다고 나는 생각하네. 재석 군은 많이 다치진 않았고?"

고청강 작가는 재석의 안부를 물었다. 민성이 재석 대신 인사했다.

"괜찮습니다. 작가님, 와 주셔서 감사합니다."

"허허, 이 녀석. 자네들 같은 친구들이 우리 사회에 많아야 되는데. 요즘 아이들은 모험심도 없고 정의감도 없어. 내가 좋은 생각이 하나 있는데."

"뭡니까?"

"재석 군을 주인공으로 해서 소설 한 편 써 볼까 하는데 괜찮겠나?"

"음? 음? 음음(네? 정말요? 저는 영광이죠)."

"그래서 주인공도 캐릭터도 정했어."

"주인공이 누굽니까?"

민성이 물었다.

"까칠한 재석이! 어때?"

순간 병실에 있는 사람들은 재석이의 얼굴을 바라봤다. 바로 향금이 나섰다.

"선생님, 제 이름도 넣어 주세요."

"저두요, 저두요!"

민성이도 나섰다.

"하하, 그럼! 당연히 너희도 등장하지."

"와, 신난다! 최고의 선물을 주셨어요!"

재석도 너무 기뻤다. 아까 그 책에서 말한 진정한 유대와 애착은 바로 이런 것이었다. 만나서 대화하고 소중한 시간을 함께 보내고, 이해하고 동조하며 지지해 주는 것. 삶에서 소중한 것이 무엇인지를 깨달았다. 한 번 가면 오지 않는 시간을 귀한 사람들과 소통하는 데 써야 하는 것이다.

그때 곁에 있던 은미의 아빠가 고청강 작가를 물끄러미 바라보았다.

"혹시 을지중학교 나온 고청강 아니십니까?"

"네, 누구시죠? 엇! 너는 호중이!"

"그래, 나 호중이야, 김호중."

"아니, 넌 왜 여기에 있어? 잘 지냈어?"

두 사람은 반갑게 악수를 나눴다. 정작 놀란 건 재석과 다른 아이들이었다. 민성이 재석의 궁금증을 대신 풀어 주었다.

"어, 두 분 서로 아십니까?"

"그래, 내가 얘기했잖아. 나보다 공부 잘했던 호중이라는 친구! 이 친구가 바로 그 김호중이야. 호중아! 정말 반갑다."

아이들은 모두 뒤통수라도 한 대 맞은 것 같았다. 세상에 이런 우연도 있나 싶었다. 고청강 작가보다 공부를 더 잘했던 은미 아빠는 이렇게 사업하다 망해서 환자가 되어 있는데 그보다 못했던 고청강 작가는 전국적인 작가가 되어 강연을 다니고 베스트셀러를 쓰고 있었던 것이다.

"야! 정말 반갑다, 반가워."

자초지종을 들은 뒤 은미 아빠는 고개를 숙였다.

"자네 같은 친구가 있어서 내가 너무 자랑스럽네."

"아니야, 이 사람아. 다 자기 달란트를 갖고 사는 거지. 공부는 자네가 나보다 훨씬 잘했잖아."

"아니야. 역시 자네를 보니까 내가 알겠어. 나는 세상을 잘 모르고 공부밖에 몰랐던 거지."

"이 사람아, 무슨 소리야? 나는 자네만큼 공부를 못했으니까 작가가 된 거지."

"그렇지 않아. 자네도 얼마나 열심히 노력했는지 내가 잘 안다네."

아이들은 모두 이 놀라운 인연에 서로 얼굴만 마주 보았다.

"선생님이 강연에서 말씀하신 그 김호중 씨가 우리 외삼촌이에요? 외삼촌과 이름은 같아도 성은 다르겠지 생각했는데, 우리 외삼촌이 작가님의 라이벌인 줄은 몰랐어요."

"그래, 보담이가 공부 잘한다더니 외삼촌을 닮았나 보구나."

아이들은 모두 재미있어 했다.

"와, 정말 신기해요."

"이 사람아, 어서 자네도 몸 완치하게나."

"청강이, 반가워. 우리 동창들은 자네를 다 자랑스러워하고 있어."

"아니야. 자기 분야에서 각자 열심히 사는 거지."

"그렇지 않네. 역시 인생은 백 미터 달리기가 아니라 마라톤이야. 자넨 앞으로도 계속 커 나갈 거 아닌가? 자네가 자랑스러워. 꼭 국민작가가 되게나."

"호중이 자네도 열심히 몸조리 잘하고. 자네같이 머리 좋은 사람은 절대 망하지 않아. 그리고 시간을 아껴 쓰잖나. 금세 재기할 수 있어."

두 어른이 서로 격려하며 다정하게 포옹하는 것을 보자 보담과 재석도 손을 꼭 마주 잡았다.

그때 또다시 문이 열리며 낯익은 사람이 나타났다. 바로 변변이었다. 청바지 대신 정장 슈트를 멋있게 입고 있었다.

"어이구, 이 방에 왜 이렇게 사람이 많아요?"

"어? 변호사님!"

"민성 군도 여기에 있네요. 이 아가씨들이 보담이와 향금인가요?"

병실에 있던 사람들과 차례차례 인사를 마친 후 변변이 갑자기 큰 소리로 말했다.

"하하하! 이렇게 다들 모이셨으니 기쁜 소식을 얼른 알려야겠네요. 오늘 얘기가 다 잘됐어요."

"뭔데요?"

"지금 막 힙합소프트 담당 변호사를 만나고 왔어요."

그 말을 듣자 재석은 긴장했다. 소송을 걸면 재판정에 나가야 하고 사건을 다 돌이켜 샅샅이 파헤쳐야 한다는 말을 들었기 때문이다. 이번에도 재석 대신 민성이 말했다.

"어떻게요? 변호사님이 우리 사건은 승소 가능성이 별로 없다고 하셨잖아요."

"좋은 소식이에요! 원하는 대로 손해배상을 해 주겠다고, 은미 양이 게임에 쓴 돈 다 보상해 주겠다고 했어요."

"와, 정말요?"

믿을 수 없는 소식이었다.

"네. 그리고 모든 걸 돌려주겠다고 했으니까 우리가 재판까지 가지 않아도 됩니다. 사건은 오늘로 종결이에요."

"와, 만세!"

아이들은 일제히 만세를 불렀다.

"어떻게 그러실 수 있었어요?"

"사실은 미국의 토네이도소프트가 힙합소프트를 인수하려고 했대요. 비밀리에 접촉하고 성사되려던 단계에서 판교를 방문했다가 재석 군이 1인 시위 하는 걸 그 회사 회장이 본 거예요."

"음(아, 그랬군요)."

"재석 군이 내 번호를 알려 줘서 그쪽 사람들이 나에게 연락을 했더랬어요. 난 정식 계약을 한 변호사도 아닌데요."

"그래서요?"

민성이 궁금증을 못 참고 얼른 물었다.

"내가 약간 구라를 쳤죠. 이건 게임에서 만랩을 동원하는 것과 마찬가지니까요. 패를 까 보이면 안 되잖아요."

그때부터는 변변의 놀라운 능력이 발휘되었다. 회사를 매각하려면 최대한 회사 자산이나 가치가 높게 평가되어야 한다. 그 사실을 잘 아는 변변은 한국에서의 게임중독 상황과 학생들의 사고방식, 그리고 은미의 이야기도 자세히 해 주었다. 그 말을 들은 토네이도 측에서는 다음과 같이 말했다는 것이다.

"우리가 힙합소프트를 매수하게 되면 게임중독에 대한 방지책을 확실하게 만들겠습니다. 그리고 게임의 긍정적인 면을 널리 알리도록 하겠습니다. 한국이 게임 선진국이라는데 이번 협상에 대해 부정적으로 생각하는 여론이 생기면 좋지 않습니다. 회장님께서 무척 신경 쓰시면서 이 계약이 성사되도록 신신당부하셨습니다. 이 사건을 변호사님이 나서서 먼저 해결해 주십시오."

변변은 게임을 해 본 경험을 바탕으로 힙합소프트 사람들을 만나서 설득을 했다.

"나도 게임을 많이 해 본 사람이에요. 게임에 중독된 적도 있어요. 하지만 이 사건은 그대로 두면 학생들은 끝까지 1인 시위를 할 거고, 또 다양한 방법으로 힙합소프트를 괴롭힐 겁니다. 그걸 해결하라고 토네이도가 얘기하는데 어쩌실 건가요?"

변변은 내켜 하지 않는 힙합소프트 측과 그사이 여러 번 만나서 놀라운 기지를 발휘하며 협상가로서의 능력을 보여 주었다.

"와!"

옆에 있던 보담과 향금이 변변의 이야기에 박수를 쳤다.

"변호사님, 정말 대단하세요."

변변은 씩 웃었다.

"내가 MP(캐릭터의 마력)를 최대한 발휘했지요. 소송하고 재판정에 서는 것만이 변호사의 일이 아닙니다. 화해와 조정, 타협도 본업이라고 할 수 있지요."

결국 그렇게 하여 사건이 해결될 조짐이 보인 거였다.

"우리가 변호사님을 만난 건 정말 행운이었어요."

민성의 말에 변변이 손사래를 쳤다.

"내가 하드캐리(승리의 핵심적 역할)하긴 했지만 최근에 비슷한 소송이 있었어요. 미성년자가 자신의 포털사이트 계정에 부모의 신용카드를 입력해서 게임 아이템 결제에 사용했거든요. 그 사건 판결이 부모와 포털사이트가 절반씩 책임져야 한다는 거였어요. 그 판례도 도움이 되었어요."

그 사건의 재판부는 포털사이트가 유료 결제 서비스를 이용한 고객들의 신용카드 정보가 무단으로 사용되지 않도록 관리할 의무가 있다고 봤기 때문이다.

재석은 그러나 의외로 담담한 표정이었다.

"왜 그래요? 재석 군은 기쁘지 않은가요?"

사실 게임 회사도 좀 억울할 거예요.
게임 자체가 나쁜 건 아닌데.

그리고 저는 재판해서 법정에 가고 싶었어요.

작가가 되려면 그런 걸 다 경험해야 되잖아요.

옆에 있던 고청강 작가가 등을 두들기며 말했다.

"재석 군, 필요하다면 법정에도 서야 되겠지만 가급적이면 재판에 안 가는 게 좋은 걸세. 그런 거 말고도 자네 나이에 경험해야 할 좋은 일이 얼마든지 있어."

변변이 덧붙였다.

"게임은 선악으로 판단할 수 없어요. 다만 지나치게 청소년들이 몰입하니까 문제인 거죠. 뭐든 과할 때 문제가 되니까 게임 회사를 무조건 욕하기보다는 각자 절제와 의지를 갖는 게 중요해요."

그날 밤 병실에는 웃음꽃이 피었다.

재석은 깨달았다. 시간은 아껴서 이렇게 자신을 위해, 주변을 위해 써야 하는 소중한 자산이라는 사실을.

그날 늦게 찾아온 재현은 흥분해서 말했다.

"재석아, 우리 학교에 쇼핑몰 운영해서 돈 번 놈 있어, 학준이라고. 그 녀석 인터뷰도 내가 주선해 놨어. 그 녀석 이야기도 재미날 거야. 네가 소설로 써 봐."

재석 옆에 있던 보담이 웃으며 재현을 맞아 줬다.

"재현이 덕분에 우리 은미가 지금은 게임 대신 그래픽디자인을 공부하고 있어요. 모든 일이 잘되었어요."

"아, 뭘요. 제가 뭘 한 게 있나요? 한 거라면 그저 우리나라에서 제일 실력 있는 그래픽디자이너 소개해 준 것뿐인데."

"하하, 그거 정말 크게 도와주신 거죠."

"그래도 버프 받으니까 좋네요."

얼굴이 빨개져 어쩔 줄 모르는 재현을 보며 민성이 한방 날렸다.

"야, 너 얼굴 볼 만하다. 하하."

"어우, 야!"

덩치는 산만 한 재현이 몸을 꼬는 걸 보며 병실에 있던 아이들은 모두 웃음을 터뜨렸다.

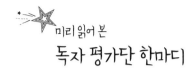
미리 읽어 본
독자 평가단 한마디

재석이 시리즈 중 이번 책이 지금의 청소년 문제인 게임을 잘 표현한 것 같아요. 이번 책도 손에 잡으면 멈출 수 없을 정도로 정말 재미있습니다. 게임중독의 위험성을 더 자세히 알게 되었고, 친구들도 이를 알았으면 합니다. 항상 우리들의 눈높이에 맞춰 책을 집필해 주셔서 감사합니다.

— J초 5학년, 정위찬, 이동준

재석이는 어려움이 있을 때면 남에게 도움을 요청하는 용기가 있습니다. 그 손을 잡아 주는 친구들과 어른들이 함께 있어 언제나 따뜻한 이야기가 됩니다. 우리는 게임을 할 때 지금의 즐거움만 생각하지 뒷날의 위험은 전혀 떠올리지 않아요. 그래서 게임중독이 되나 봐요. 이 책은 우리들에게 게임의 위험성을 알려 주는 경고판 같아요. 게임을 좋아하는 친구라면 미래를 위해 꼭 봐야 하는 책이라고 생각합니다.

— J초 6학년, 김경현, 정민주, 조민형

술술 읽히는 내용과 영화 같은 액션장면, 드라마 같은 전개가 있어서 좋았습니다. 하지만 모든 게 게임 잘못은 아니라고 생각합니다. 나처럼 게임을 즐기는 사람이 이 책을 본다면 좀 껄끄러울 수도 있겠지만 그 부분을 제외한다면 여러 가지 깊은 교훈과 물 흐르듯 흘러가는 스토리는 최고였습니다.

— K고 1학년, 김현준

재석이는 작가라는 확고한 꿈이 있습니다. 나는 확고한 꿈이 아직 없기 때문에 그런 재석이가 신기하기도 하고 부럽기도 합니다. 그래서 나는 이 책을 읽고 확고한 꿈을 가지자고 다짐하게 되었습니다.　　－ S중 1학년, 이준규

우리는 누가 더 아이템이 많고 레벨이 높은지 대결합니다. 그래서 거액의 돈까지 게임에 투자합니다. 저도 핸드폰을 수시로 들여다봅니다. 이 책을 읽고 양심의 가책을 느꼈습니다. 여러분도 이 책을 읽고 자신을 돌아보고, 변화되길 기대해 봅니다.　　－ K중 2학년, 최수빈

은미가 악질 회사인 힙합소프트에게서 다시 돈을 돌려받아서 정말 다행이고, 재석이의 책임감 있는 모습이 참 보기 좋았습니다. 또 고정욱 선생님께서 진짜로 청소년들이 쓰는 단어를 열심히 찾아서 쓴 게 보여서 감명받았습니다.　　－ K중 2학년, 홍정우

은미같이 현실 세계에 어울릴 친구가 없는 아이가 게임에 쉽게 중독됩니다. 그래서 제 주변에 그런 친구가 있으면 친하게 지내야겠습니다. 또 '게임'은 이미 만들어진 틀 안에서 즐거움을 찾지만 글쓰기는 내가 모든 것을 창조해 내는 활동입니다. 앞으로도 고정욱 선생님이 꾸며 낸 특별한 이야기가 담긴 책들을 계속 읽고 싶습니다.　　－ Y국제중 3학년, 홍정화

마노_이혜영
유엔 캐릭터(UNFPA)를 개발했고 순정만화, 스토리작가,
일러스트레이터로 다양하게 활동하고 있습니다.

까칠한 재석이가 결심했다

초판 1쇄 발행 2019년 3월 28일
개정판 1쇄 발행 2020년 3월 30일
개정2판 1쇄 발행 2023년 1월 9일
개정2판 2쇄 발행 2024년 1월 23일

지은이 고정욱
그림 마노_이혜영
펴낸이 이범상
펴낸곳 (주)비전비엔피 · 애플북스

기획 편집 차재호 김승희 김혜경 한윤지 박성아 신은정
디자인 김혜림 최원영 이민선
마케팅 이성호 이병준 문세희
전자책 김성화 김희정 안상희 김낙기
관리 이다정

주소 우)04034 서울시 마포구 잔다리로7길 12 (서교동)
전화 02)338-2411 | **팩스** 02)338-2413
홈페이지 www.visionbp.co.kr
인스타그램 www.instagram.com/visionbnp
포스트 post.naver.com/visioncorea
이메일 visioncorea@naver.com
원고투고 editor@visionbp.co.kr

등록번호 제313-2007-000012호

ISBN 979-11-92641-01-0 04810
   979-11-90147-92-7 (세트)